환상들

환상들

최유수
지 음

RHK
알에이치코리아

자신을 자맥질하며 걷는 것은 앞으로 나아가는 것일까 아니면 이미 도착한 것일까. 최유수는 참 모호하다. 어디에 서 있는지 모르겠는 산책을 계속 해나간다. 갈 곳이 어딘지도 모르고 중얼거린다. 그런데 사실 그는 도착을 원하지도 않는 것 같다. 혼자이고 싶지만 자꾸만 무언가 살피고, 시선이 머문 곳에 참여하고, 그렇게 살피다가 심연으로 들어가고, 끝내 어떤 잠언 속에 맺힌다. 그리하여 발이 없는데 발이 있는 것처럼 군다. 그렇다면 왜? 그는 발이 있는 척을 할까? 도망가기 위해서? 아니, 이미 도망 온 자 같기도 하다. 정처 없는 이들은…… 자신의 말이 아닌 다른 말 속에 일찌감치 잠긴 이들은, 이미 자기가 없다. 지울 자신조차 없는 것이다. 그러면 이다음엔 뭐가 올까? 최유수에겐 이제 뭐가 올까? 뭘 더, 어디를 더 걸어야 할까? 나는 그가 걷지 않고 멈춰 보았으면 하는데. 아무 생각도 하지 않는다는 문장 속에서만 멈추지 말고, 진짜로 멈추어서 진짜가 되었으면 하는데.

그가 멈춘 상태에서조차 아무것도 멈추지 못하고, 무엇이든 끝끝내 생각해 버리고, 세상 모든 일을 정의하려 할 때, 거기에 어떤 비밀이 있는지는 우리가 알 바 아니다. 왜냐하면 그는 그 까닭을 결국 말하지 않을 것이기 때문이다. (그 까닭이 잃어버린 사랑의 감정 때문이라고 나는 추측하지만.) 아무 말도 하지 않으면서 식물을 살피고, 음악을 듣고, 룸 스프레이를 뿌린 후 열린 창으로 자신을 내버려둘 것이다. 삶의 치장들 속에서, 몇몇 기억들 앞에서도 끝내 희미해질 것이다. 그렇게 희미해지고 나면, 문을 닫듯이 감정을 닫고, 별거 아닌 것으로 치부해 버리고, 쓸쓸하지만 무덤덤히 다시 또 어딘가로 걷고 있다는 환상에 사로잡히기를 반복할 것이다.

그가 유일하게 환상 속에서 빠져나와 진실로 존재하는 순간은 무수히 많은 책의 곁에 있는 시간인데, 책을 읽는 순간은 구체적이고 자신만만해 보이기까지 하다. 좋아하는 책을 획득한 그에겐 배짱이 있어, 희미했던 손도 다시 생기는 것 같다. 그는 낡은 서점의 먼지 쌓인 서가에서 책을 뽑아 올리는 손의 감각을 아주 정확히 알고 있는 사람. 농구를 하면서 마치 오랜만에 몸을 가진 것처럼 즐거워하는 사람. 그럼에도 이따금 그런 방식으로 그의 손이, 그의 육체가 또렷하게 떠올랐다가 사라질 때, 잠시 책의 곁에 머물렀다 책을 덮었을 때, 그는 다시금 더 멀리 떠나려는 사람. 그렇지만 그에게는 발이 없잖아. 갈 수 있는 진짜 세계가 없다. (그가 또다시 누군가를 사랑하지 않는다거나, 사랑함에도 말하지 않는다면.) 어쩔 수 없으니 그냥 두자. 그는 환상 속에 산다. 냅두자. 지금은 거기가 편한가 보다.

유이우

참 선명한데, 먼 옛날 같지…… 우리는 우리가 정말로 뭘 원하고 있는지 잘 모르는 채로 살고 있는 것 같아. 담벼락 없는 미로를 헤매듯이. 내가 그랬고, 내가 사랑하는 사람이, 부모님도, 친구들도 그랬고, 잠시 스쳐 지나간 인연들조차도. 다들 그랬어. 살면서 내가 본 거의 모든 사람이 그랬던 것 같아. 아닌 경우도 있었겠지만, 잘 모르겠네. 기억엔 없어. 사람이 다 그런 걸까. 넌 뭘 원해? 뭘 원하고 있어? 원한다는 건, 정말로 그걸 원하는 걸까? 난 요즘 차라리 원하는 게 하나도 없는 게 나을지도 모르겠다는 생각을 해. 원하지 않으면 괴로울 일도 없지 않니. 빈방을 계속 빈방인 채로 비워두듯이 말이야…… 어쩌면 더는 뭔가를 원하지 않아도 아무렇지 않을 수 있을 때 비로소 그것들이 내 것이 되는 건지도 몰라. 당장 오늘의 내 진심이 뭔지도 잘 모르겠어. 그걸 아는 일이 제일 어려운 것 같아. 원하는 게 있더라도 조금만 시간이 지나고 보면 시시한 착각인 경우가 많았어. 그러니까 내가 뭘 원하는지 왜 걷고 있는지 어디로 향하고 있는지도 모른 채 마냥 걷고만 있는 거야. 일단 남들처럼 걷기로 하면서 생각해보는 거야. 실은 모르는 게 다행인 것 같기도 해. 앞으로도 쭉 모르는 채 걷고 싶기도 해. 걷다 보면, 계속 걷다 보면, 언젠가 다 비워질지도 모르잖아. 중요한 건 지금 걷고 있다는 사실뿐인지도 몰라. 그것의 연속성, 매 순간 속의 영원…… 나 혹시 모른다는 말을 너무 많이 했나? 너도 함께 모르는 척해볼래? 우리 처음부터 다시 시작해볼래?

최유수

차례

1

내가 없는
세계

1

　피아노를 치듯이 지붕 위를 두드리는 몸집이 작은 것의 발걸음 소리.

　침대에 누워 그것을 듣는다. 꽤 한참 동안.

　나는 원래 일단 한 번 침대에 누우면 잘 일어나지 않고 그대로 가만히 세상을 듣기만 한다. 모든 것을 듣기만 한다. 아무 소리도 나지 않을 때에도 내게는 뭔가가 들려오고 나는 그걸 잠자코 듣기만 한다. 멍을 때리려면 천장을 올려다보는 게 제일 좋다. 천장에 매달려 있는 반투명의 네모난 갓등에 시선을 고정한 채로 온몸의 힘을 뺀다. 눈을 감고 있어도 천장이 보인다. 천장만 보인다. 내가 사라진다. 빛이 바랜 이차원의 기억들이 그 자리에 상영된다. 깜빡이기도 하고 진동하기도 하고 아주 느린 속도로 출렁이기도 한다. 포근한 향이 나는 푸른 베개를 뒤집어 벤다.

　다시 천장 너머 몸집이 작은 것의 발걸음 소리. 이차원의 기억들이 흩어진다.

양 눈의 난시가 심해서인지 침대맡 물건들의 윤곽이 여러 층으로 갈라져 보인다. 무엇이 그것의 진짜 윤곽인지를 알 수가 없다. 그것이 정말로 거기에 있는지도 알 수가 없다. 아니면 다 환상인지도 모른다. 결국 내가 보고 있는 건 세계가 내게 보여주기로 허락한 것들뿐. 나는 *허락되지 않은 것*들이 궁금해진다. 천장도 갓등도 제자리에서 움직이질 않고, 허락받지 못한 나는 그대로 가만히 세상을 듣기만 한다. 천장은 점점 더 두꺼워지고 나는 점점 더 얄팍해진다. 가끔은 누가 천장이고 누가 나인지 서로 구분되지 않는 지경에 이른다.

계속 이어지는 몸집의 작은 것의 발걸음 소리. 발발거리는 자취가 눈에 그려진다. 이윽고 사라진다.

집 주변에서 마주치는 길고양이들이 지나다니는 소리였을 수도 있지 않을까? 그런데 우리 집은 이 건물의 꼭대기층이므로, 아무래도 고양이일 리는 없었다. 고양이가 워낙 점프를 잘하고 높은 곳을 좋아한다지만, 그래도 고양이일 리가 없었다. 근데 어쩌면 고양이일 수도 있지 않을까? 다는 아니더라도 내가 들은 것 중에 적어도 한두 번쯤은. 하지만 고양이들은 몰래몰래 사뿐사뿐 다닐 테니까. 역시 아니겠지. 그래도 고양이라면 좋겠다는 상상을 한다.

흐린 날 아침이면 어김없이 들려오는 몸집의 작은 것의 발걸음 소리.

간밤의 꿈에서 집채만 한 고양이가 사납게 하악질 하는 듯한 천둥소리를 여러 번 들은 것 같은데. 모두들 무사한 걸까. 세계는 멀쩡한 걸까. 정말로 아침인 걸까.

그것의 발걸음 소리가 나선형 목조 계단을 돌아내려오는 것처럼 서서히 가까워진다. 발걸음 소리에 나무가 삐걱대는 소리가 뒤섞여 세 살 아이의 무작위 연주처럼 들린다. 나는 그걸 잠자코 듣기만 한다. 천장은 두꺼워지는 동시에 투명해지고, 몸집이 작은 것의 자취가 눈앞에 나타나는 듯하다가 금세 사라져버린다. 내 안을 맴돌던 빛덩어리가 급속도로 부풀어올라 거대해진다. 누가 발걸음 소리이고 누가 나인지 서로 구분되지 않는 지경에 이른다. 긴장을 풀고 누워 있던 몸이 일순간에 기억을 잃어버린다. 연결 장애로 인해 접속이 잠시 끊어진 것처럼. 평화롭고 불안하다. 불안한데 평화롭다. 망부석처럼 그늘에 드러누워 있는 길고양이들도 종종 그럴까? 차라리 내가 지붕 위의 고양이라면 좋겠다는 상상을 한다.

추분이 지났다. 빛도 소리도 어슴푸레한 노을 지는 거실에 앉아 그대로 가만히 세상을 듣기만 한다. 약속이라도 한 것처럼 골목 전체가 조용해진다. 길에 사람은 없고 그림자만 무성하다. 고양이들은 다 어디에 숨어 있을까. 무사한 걸까. 멀쩡한 걸까. 전화라도 걸어볼까. 혹시 네가 전화를 안 받으면 그땐 어떡하지.

어미를 잃어버린 새끼고양이 한 마리가 사납게 하악질하는 소리가 들린다.

크고 작은 새들의 그림자가 거실 벽과 바닥을 생쥐처럼 잽싸게 스쳐 지나간다. 초록색 방수 페인트가 칠해진 테라스의 노을 안으로 까치 두 마리가 날아와 내려앉는다. 창밖에 커다란 소나무 한 그루가 있는데, 그 꼭대기에 집을 짓고 살고 있는 까치들이다. 테라스에 고인 물웅덩이 속에서 뭔가를 집어먹다가 일이 초 정도 나와 눈이 마주친다. 동시에 얼음. 이윽고 테라스 난간에 올라앉았다가 맞은편 건물의 옥상으로 건너간다. 시야의 바깥으로 그림자들이 잽싸게 나타났다가 사라지는 게 느껴진다. 고개를 돌리면 그것은 이미 사라지고 없다.

입동이 지났다. 낙엽이 굴러다니고 마른 나무껍질 냄새가 나기 시작한다. 가을에서 겨울로 넘어가는 이 시기의 오묘한 공기를 좋아한다. 그런데 몸집이 작은 것의 발걸음 소리가 벌써 며칠째 들리지 않고 있다. 한밤중에 문득 생각이 나서 천장을 뚫어져라 바라보지만, 역시 아무 소리도 들리지 않는다. 꼭대기층인 우리 집 지붕을 사뿐사뿐 두드리던 건 대체 뭐였을까? 그동안 천장이 충분히 두꺼워졌기 때문에 조용해진 걸까? 사진 한 장 없이 사라져버린 *앤 카슨의 고양이*처럼 쥐도 새도 모르게 증발한 걸까? 나는 잠자코 귀를 기울여본다. 숨도 쉬지 않고 뭐든 들으려고 애를 써본다. 오 분이 넘게 숨을 참았는데도 숨이 차지 않는다. 전혀 헐떡이지 않는다. 하지만 이건 환상이 아니다. 나는 원래 일단 한번 침대에 누우면 잘 일어나지 않기 때문이다.

푸른 베개를 뒤집어 벤다. 긴 하품이 나온다. 피아노를 치듯이 사뿐사뿐 허공을 두드려본다.

2

누구나 홀로이지만, 결코 혼자는 아니란다. 깊은 숲속에서도 사막에서도 심지어 우주에서도, 아무리 혼자가 되려고 애써도 누군가는 반드시 너라는 사람을, 너라는 환상을 어디선가 떠올리고 있거든. 단 한 순간, 단 한 사람일지라도, 그게 누구든지 말이야.

혼자라는 생각은 대체로 무의미해. 어쩌면 불가능해. 의식은 홀로이지만, 영혼은 혼자가 아니란다. 부분이자 전체이고, 모두 하나로 연결되어 있지. 정말로 영혼이 존재한다고 믿냐고? 그건 중요하지 않아. 네가 스스로 느낄 수 있는지 없는지가 중요한 거지. 누구의 조언도 필요없단다. 너는 네가 믿는 세계의 유일한 근원이 아니야. 누구도 그것이 아니야.

편안한 옷으로 갈아입자. 긴장을 풀고 눈을 감아 봐. 네 몸을 흐르는 피와 열기, 매일과 계절의 흐름을, 자연의 일부인 너 자신을 한꺼번에 떠올려 봐. 네 유약한 박동 소리에 귀 기울여 봐. 쓰다듬어 봐. 일치시켜 봐. 보이는 것 너머에 정말로 아무것도 없다고 확언할 수 있니? 철저히 혼자일 뿐이라고 확신할 수 있니?

네가 무얼 하든 무엇이 되려고 애쓰든 다 괜찮아. 우린 순환하는 흐름의 극히 일부일 뿐이니까. 모든 삶과 죽음이, 시작과 끝이, 이미 가슴께와 허리춤을 흐르고 있어. 공기처럼 투명한 강물! 그건 그냥 느껴지는 거야. 바쁘게 사느라 다 잊어버린다고 해도 괜찮아. 또 언제든 잔가지를 흔드는 바람처럼 날아들 속삭임일 테니.

3

모르는 것을 향해 나아가기. 이미 충분히 안다고 믿었던 것을 다시 전혀 모르는 것으로 삼기. 아리아드네의 실을 그저 따라만 가는 것이 아니라, 실타래 전체를, 그것의 미세한 떨림을 꼭 거머쥐기. 기꺼이 진실을 포기하고 모험을 사랑하기. 나 스스로 누군가의 아리아드네가 되어보기. 동굴의 입구에서 그 사람을 기다리기.

4

모래시계가 하나 생겼다. 모래시계에는 대개 상하 구분이 없는 듯하다. 위아래로 완벽한 대칭을 이루는 초록빛 호리병 안에 순백의 모래알이 담겨 있는데, 이게 얼마만큼의 시간을 잴 수 있는 양인지는 모르겠다. 굳이 재보지도 않았다. 삼 분이든 오 분이든 시간을 재는 행위는 내게 중요하지 않기 때문이다. 나는 그저 흘러내리는 모래알을, 영원히 멈추지 않을 것 같은 모래알의 소리 없는 흘러내림을 하염없이 바라보고 싶을 뿐이다.

실은 존재하는 모든 것의 내부에는 모래시계 같은 것이 내재되어 있을지도 모른다. 바위에도, 나무에도, 폭포에도, 심지어는 사람의 심장에도. 그런 상상을 하면 결국 모든 것은 흘러내리는 무수한 모래알을 통해, 그것의 반짝임을 통해 연결되어 있다는 듯한 느낌을 받는다. 바위와도, 나무와도, 폭포와도, 심지어는 사랑하는 사람의 심장과도. 시간은 모두에게 공유된 단 한줄기가 아니라 동시다발적인 흘러내림인 것이다. 나는 문득 내 안의 모래시계를 뒤집어보고 싶어진다.

무질서한 질서들, 과거 없는 신. 어쩌면 신도 상하 구분이 없는 모래시계의 일종이 아닐까? 아무것도 흐르지 않는 것처럼 보이는 사물의 이면에도 반드시 뭔가가 흐르고 있다는 사실을 되새긴다.

모래가 다 떨어져 시간이 멈춘다. 잠깐이지만, 시간이 정말로 멈춘 것처럼 보인다. 아무 생각 없이 나는 곧장 모래시계를 뒤집는다. 그래야 할 것만 같아서, 그러지 않으면 안 될 것만 같은 어떤 계시적인 기분이 들어서. 어쩌면 나는 신의 무수히 많은 손가락들 중 하나인 게 아닐까? 스스스…… 스스스…… 내일이 없을 것처럼 반짝이는 모래알들. 시간을 시각화한다기보다는 시간이란 그저 상상의 산물에 불과하다는 걸 말해주는 듯하다. 스스스…… 스스스…… 모래는 멈추지 않는다. 흘러내리는 모래 줄기를 보고 있으면 동공이 바싹 얼어붙는 것 같다.

작업실 건물 외벽으로 세찬 바람이 들이닥친다. 얼음 호수 아래 아주 깊숙한 밑바닥의 숨 막히는 어둠 속에서 육중

한 빙벽들이 무너지는 듯한 소리가 연달아 들려온다. 나는 어쩔 수 없이 조바심이 난다. *쿠구구…… 쿠구구……* 무질서한 질서들이 웅웅거린다. 어쩌면 바람도 신의 무수한 손가락들 중 하나인 게 아닐까? *쿠구구…… 쿠구구……* 바람이 잦아들자 시간이 멈춘다. 아니, 정말로 멈춘 것처럼 보인다.

　나는 모든 것의 심장에 대해 상상하기를 그만둔다. 이명이 잦아든다. 내가 마치 사막에 있는 것 같다.

5

　사람이, 인생이, 저마다 너무나 제각각이고 완전히 분리된 채로 자유로워서, 단지 그 하나의 사실로부터 소름이 끼치는 아름다움을 느낀다.

6

기다려 온 비가 주말 내내 흠뻑 쏟아진다. 샛노랗게 덮이는 송홧가루를 비롯해 눈에 보이지 않는 무수한 꽃가루들과 곳곳에 흩날리는 봄꽃잎들까지 다채롭게 완연하던 초봄의 흔적이 단숨에 씻겨 내려간다. 거리는 싱그럽게 정돈된다. 짙은 물안개가 피어나 산등성이를 뒤덮는다. 흐린 날의 깨끗한 채도에 시야가 차분해진다. 가까이 있는 사물들이 흐릿해지면서 멀리 있는 풍경이 오히려 선명해진다.

가볍게 볶아진 콜롬비아산 싱글 오리진 원두를 평소보다 한 단계 굵게 갈아 차처럼 내려 마신다. 필터를 적시고 드리퍼에 담은 원두를 블루밍하는 동안 감귤 껍질 향이 올라와 코끝을 스친다. 밝고 산뜻하다. 기분 좋은 하루의 시작이다. 고요할수록 아름다운 빗소리. 나의 오랜 이웃인 까치 두 마리가 둥지를 빠져나와 사부작사부작 아침을 여는 소리.

린Linn사의 북쉘프 스피커에서 마리아 조앙 피레스Maria

João Pires의 슈베르트 피아노 소나타 21번이 낮은 볼륨으로 흘러나온다. 부드러운 속삭임. 거의 들릴 듯 말 듯한 도입부의 건반 소리는 마치 유리 공예를 다루는 손짓 같다. 책상에 앉아 턱을 괴고 눈을 감는다. 앞꿈치로 허공을 걷는 듯하다. 혼자인 아침이 더없이 천천히 흐른다. 매 순간 속의 영원. 희미하고도 한없는, 사소하고도 무한한 감각이 주는 평화로움.

지금 여기 내가 있지만, *내가 없는 세계.*

사라질 세계.

'연결'에 대해 자주 생각한다. 혼자 보내는 시간을 좋아하는 것과는 별개로 내가 그저 사람이기 때문에, 그 헛헛함과 외로움을 즐기다가도 다시 타인과 긴밀하게 연결되고 싶어지는 욕구에 대해, 그 본성에 대해. '역시 혼자가 최고야!'라며 독립적인 척, 외롭지 않은 척해도 사람 속은 다 비슷한 것 같다. 함께 있다 보면 혼자인 시간으로 돌아가고 싶지만, 혼자서는 가질 수 없는 따뜻한 느낌이 함께하는 동안 내게 남는다. 시간과 공간을 함께 나눌 순 있으나 아주 깊은 내면의 층위에서 긴밀해지거나 정말로 하나가 될 순 없는, 그런 식의 희망과 절망이, 그 반복이 이젠 꽤 익숙하고 자연스럽다. 영원히 혼자이기를 자처할 사람은 없을 것이다. 함께인 동시에 충분히 혼자일 수 있는 공존이 어려울 뿐이다. 모순이지만, 어느 정도 그게 가능해야만 혼자가 아닌 삶을 건강하게 꾸릴 수 있는 것 같기도 하다. 진정한 연결이란 서로 간의 긴밀한 무엇이 아니라 그냥 있는 그대로의 둘 사이에서 자연스럽게 선명해지는 시간과 공간들인지도 모른다. 그 작고 사소한 시간과 공간들. 내가 사랑하는 사람들이 나를 있는 그대로 바라봐 주었으면 좋겠고, 나도 똑같이 있는 그대로의 상대를 바라봐주고 싶다. 이해하려 노력하되 마음으로는 그저 받아들이는 일.

어느 오래된 시집의 긍엄한 제목처럼,

나는 너다. 라고 선언하게 되는 일.

나는 너다.

멀리 보이는 건물 옥상에서 까마귀 한 마리가 날아올라 건너편으로 사라진다. 아주 잠깐 눈이 마주친 듯한 착각이 든다. 나는 나와 멀어지고 있는 모든 것의 잔상에 대해 생각한다.

음악이 뚝 끊긴다. 인터넷을 연결하는 무선 공유기가 또 말썽인 듯하다. 평소처럼 전원을 껐다 켜면 쉽게 해결될 테지만, 이번에는 그냥 두기로 한다. 쓸쓸히 귓가를 맴돌던 소나타의 여운이 창밖으로 사라져간다. 입김처럼 흩어져간다.

나무들이 바람에 흔들린다. 나는 미동도 하지 않는다. 거실의 적막 너머로 그 흔들림이 분명해진다.

*너는 나다.*라는 중얼거림.

먹이를 입에 문 새들이 하나둘 둥지로 돌아간다. 반쯤 남은 커피가 미지근해졌다. 하지만 커피는 식을수록 향미가 선명해진다. 아침 식사로 간단하게 뭘 먹으면 좋을지 고민하다가 토마토를 깨끗이 씻은 뒤 여덟 조각으로 썰어 벌꿀을 올린다. 진득한 여름 꿀이 붉은 단면 위에서 흐드러진다. 언젠가 함께 나눠 먹었던 새빨간 찰토마토가 참 맛있었는데. 예전보다는 그나마 조금은 좋아하게 된 무더운 여름이 코앞으로 다가왔다. 올해 여름에는 가능한 한 솔직해져 보고 싶다. 뭔가에 휘둘리거나 헷갈려 하지 않고 있는 그대로 분명해지고 싶다.

전원을 껐다 켜지 않고도 나는 다시 연결될 수 있을까.

(나는 나를 기다리는 중이다.)

*나는 너다.*라고 선언할 수 있을까.

7

키르케고르Kierkegaard는 '순간은 본디 시간의 원자가 아니라 영원의 원자'라고 말한다. 신약성서에서 바울은 이 세상이 곧 한순간에 지나갈 거라고 말한다. 불교에서는 모든 것이 찰나마다 생기고 사라지고 사라지고 생겨나면서(찰나생멸刹那生滅) 영원의 시간으로 이어진다. 영원을 향한 통로로서의 순간. 나는 한순간이고, 우리가 사는 세계도 한순간이다. 그러므로 모든 것은 시작과 동시에 영원하다. 그렇게 생각하면 한결 가벼워진다. 내가 정말 좋아하는 건 눈에 띄지 않는 모호한 미소. 너의 그 미소. 저 바다의 머나먼 등대처럼 명멸하는 한순간 한순간, 그리고 수없이 반복되는 스티브 라이히Steve Reich의 클랩과 파사칼리아Passacaglia의 댄스.

8

언젠가부터 노랫말이 있는 음악을 잘 듣지 않는다. 음악에 귀를 기울이고 몰입하는 시간 자체가 많이 줄기도 했다. 음악이 없는 삶은 여전히 상상할 수 없지만, 음악에 내 감정을 너무 많이 쏟지 않게 된 것 같다. 별것 아닌 노랫말 한 줄에 울컥하기도 하고 마음이 허전할 때마다 음악으로부터 새마음을 빌려오던 때가, 뭐든 스펀지처럼 빨아들이며 다양한 음악을 찾아 듣던 때가 내게도 분명 있었는데 말이다. 이제는 그냥 음악이 전하는 감정에 고개를 끄덕이는 게 좋다. 특별한 노랫말 없이, 있더라도 비중이 별로 크지 않고 나직이 웅웅거리는 듯한 정도의 편안한 음악이 요즘은 더 깊이 와닿는다. 무슨 뜻인지 알아들을 수 없는 타국의 노랫말이라도 좋다. 가끔 라디오 애플리케이션을 사용해 아이슬란드나 조지아 어딘가의 주파수를 잡아 청취하기도 한다. 노랫말의 내용보다는 멜로디 너머의 눈빛과 얼굴을 떠올리는 게 좋아서일까. 단순히 나이를 먹어가면서 가청 주파수의 영역이 줄어들고 있기 때문인지도 모른다. 이어폰을 사용하지 않은 지도 꽤 오래되었다. 대중교통에서도 야외에서도 백색 소음이나 풍경에 흐르는 소리를 듣는 쪽이 좋기 때문이다. 자연에 존재하는 소리들이 제일 큰 안정감을 준다. 말은 이미 세상에 너무 많다. 여기저기 차고 넘친다. 말이 아닌 듣기 좋은 소리들이 얼마나 귀한 것인지. 작업실에 적당한 앰프와 스피커를 마련한 뒤로 클래식과 재즈, 앰비언트 음악을 즐겨 듣고 있다. 특히 바흐의 오르간 작품집을 연주한 음반들은 언제 틀어두어도 좋다. 비가 내리거나 쌀쌀한 날씨라면 더더욱. 노랫말이 있는 음악은 말들이 부유하면서 달라붙고 떨어지고 가라앉고 또 유유히 사라져가는 느낌이라면, 노랫말이 없는 음악은 어떤 시간 속에 고정된 감정들이 내가 있는 공간을 배회하면서 가만히 어루만져주는 느낌이다. 강렬한 뒤흔듦보다는 수평선의 고요가 좋아진다. 이젠 그 무엇에도 뒤흔들리고 싶지가 않은 것 같다. 어떤 말도 필요 없을 만큼 한없이 고요해지고 싶다. 그동안 수없이 들었던 음악을 다시 반복해 들으면서.

9

어떤 날에는 해가 지고 나서 집이 새카맣게 어두워져도 한참 동안 불을 켜지 않는다. 단 한 사람을 위한 작은 예배당에 들어선 것처럼 최소한의 빛 아래 모든 걸 내버려두기. 마음의 개방. 내 것이 아닌 것처럼, 혹은 처음부터 없었던 것처럼 아득하게 이완되는 몸. 흐릿해지는 감각, 생생해지는 마음. 자, 처음부터 다시. 나라는 자각을 버릴수록 오히려 내가 선명해진다. 손쉬운 자극들로부터 멀어지는 연습이 필요하다.

10

이유도 없이 내가 너무 보잘것없게 느껴지는, 그래서 자꾸만 안으로 안으로 파고들게 되는, 무용한 자책으로 가득한 날이 가끔 있다. 딱히 무슨 일이 있어서가 아니라 그냥 문득 나는 아무것도 아니고 아무것도 못 되고 나보다 멋지고 훌륭한 사람이 세상에 너무나 많으며 그런 사람들에 비하면 나는 너무나도 무가치한 인간이 아닌가 하는 생각이 옆구리가 터진 쓰레기 봉투처럼 바닥을 굴러다니는 것이다. 실시간으로 업데이트되는 소셜네트워크와 매일 정해진 시각에 부지런히 배달되는 이메일 구독 서비스 사이에서 자꾸만 더 초라해지는 기분이다. 그들에 대해 막상 아는 것도 별로 없으면서 스스로 만들어낸 환상을 향한 질투와 시기가 뒤섞여 마음을 무겁게 짓누르곤 한다. 나는 뭐 하나 내세울 게 없는 보통 이하의 인간이라는, 아니 어쩌면 완전히 구제불능일지도 모른다는 생각, 바로 그 순간에도 누군가는 앞으로 나아가기 위해 하루를 바쁘게 보내고 있을 거라는 생각. 나는 정말로 보잘것없는 인간일까? 물론 그렇지 않다는 걸 안다. 나도 사람이기 때문에 필연적으로 느끼는 불안 같은 거고 그게 정말로 내가 보잘것없는 인간이기 때문이 아니라는 걸 이제는 안다. 아무렴. 인간이라면 누구나 자신의 삶을 존중받을 가치가 있다는 걸, 어느 누구도 비교하거나 판단할 수 없는 문제라는 걸 실존적으로 믿고 있으니까. 그런 걸 따지고 들 문제 자체가 아닌 것이다. 우주적인 관점으로 바라보면 모든 것은 어차피 하나로 연결되어 있으므로. 억지로라도 좀 뻔뻔해질 필요가 있다고 생각한다. 그래, 뭐 어쩌겠어. 이게 나인 걸. 내가 나이기 때문에 나를 믿어주는 사람들이 있는 걸. 그거면 된 거 아닌가? 훌훌 털고 일어나자. 산책을 하고 목욕을 하자. 누군가가 다른 누구보다 특별하다기보다는 서로가 서로를 믿어주기 때문에 모두가 특별해진다. 그것이 진실로 와닿기 때문에 언제 그랬냐는 듯이 털고 일어나 다시금 나아갈 수 있는 것이다. 내가 나이기 때문에, 네가 너이기 때문에, 그리고 동시에 네가 나이기 때문에, 내가 너이기 때문에.

— 나 요즘 생각이 많아.

— 무슨?

— 뭐가 되고 싶은지, 뭘 하고 싶은지가 중요한 게 아니더라
고. 그러니까 그건, 찾아내거나 발견하거나 하는 게 아냐.

— 그럼?

— 뭔가를 진짜로 좋아하면, 그냥 그걸 하고 있잖아?

— 자연스럽게,

— 늘 그래왔다는 듯이.

— 그치, 그렇게 뭔가에 몰두하고 있는 사람을 보면 누구든
지 멋지다고 느끼잖아. 진심인 사람들.

— 난 뭐 딱히 멋져지고 싶은 건 아냐. 뭐랄까, 그냥 좀⋯⋯ 제
대로 쓰고 싶어, 시간을.

— 시간을? 좋아하는 건 많지 않아?

— 좋아하는 건 많아. 그래서 모르겠어. 하고 싶은 게 맞는

지, 너무 많아서 모르는 건지. 난 네가 부러워. 정말 대단해. 어떻게 그럴 수 있나 싶어.

— 그런가? 누구도 누구를 부러워할 순 없어. 그럴 시간이 없어.

— 맞아, 그럴 시간은 없지. 그래서 조급해지기도 해.

— 그냥 지금이 그런 시기인 거 아닐까? 출구가 어디쯤인지 잘 모르겠는, 캄캄한 터널 속을 달리는 중인.

— 모르겠어.

— 진심이라면, 알게 될 거야.

— 그럴까? 알고 싶어. 내가 진심인지, 과연 지금 이 시간들이 날 어디로 데려다줄지…….

— 내가 아는 너라면 분명.

— 자유롭고 싶어.

— 자유?

— 좋아서 어쩔 줄 모르겠는 어떤 것에 하루 종일 붙들린 채로, 딴생각 없이, 다른 사람들은 파고들려 하지 않는 나만의 것들을, 오직 나만의 이야기로, 꾸준히 탐험해 보고 싶어. 그래서 그 안에서만큼은, 완전히 자유롭고 싶어.

진실로 자유롭기 위해서, 특별해지거나 대단해지기 위해서가 아니라 그저 순수해지기 위해서…… 누구든지 자유로운 사람이 자연스럽고, 자연스러운 사람이야말로 아름답다. 그 원동력은 나의 바깥에 있지 않을 것이다.

13

누구나의 끔찍하고 아름답고 찌질하고 대단하고 사소하고 짠하기도 한 이런저런 모습들 속에서 다름 아닌 내 모습을 본다. 그럴 때마다 흠칫. 친구들에게서도, 거리의 낯선 사람들에게서도, 책에서도 영화에서도, 나무에서도 꽃에서도, 그리고 지난 연인들에게서도. 흠칫. 그러므로 칭찬도 후회도 사랑도 미움도 전부 다 나 자신에게 하는 말이다. 과거와 미래와 현재의…… 독백이라서 지긋지긋했던 것이다.

독백뿐인 세계.

아무리 걸어도 아무도 전화를 받아주지 않는 세계.

내가 보는 사람들이 다 나이고 내가 곧 그들이라는 게 무슨 말인지 이제 조금은 알 것도 같다. 예전에 책에서 읽고선 도대체 이게 뭔 헛소리인가 싶었는데 말이다. 그러니까 그건 내가 그저 무수한 시선들 중 하나이기 때문이다. 의식은 스스로 주체성을 갖(는다고 착각하)지만, 타자의 시선에 의해 누구나 객체가 된다. 내가 타인을 바라보는 것처럼 타인이 나를 바라보고 있으므로. 전복되는 것처럼 보이지만, 실은 그냥 시선인 것이다.

시선들은 궁극적으로 하나의 시선이다. 총체적으로 바라보면 훨씬 더 단순해진다.

자아라는 망상. 삶은 향긋한 봄나물 무침처럼 매 순간에 죽음이 버무려져 있는 것과 같다. (시선으로부터 비롯되는 감정들은 뭐랄까, 그것에 풍미를 더해주는 들깨나 참기름 냄새 같은 것이다.) 딱 한 단계 높은 차원의 렌즈로만 들여다보더라도 나는, 우리는, 우리가 사는 세계는, 정말 아무것도 아니다.

14

어느 영화에서처럼 홀연 의문스럽게 사라지는 인물이 되
는 상상을 한다. (사라지는 건 대부분 주연이 아닌 조연들이다.)
문자 그대로 사라져버리는 것이다. *앤 카슨의 고양이*처럼
흔적도 없이, 마치 원래부터 존재하지 않았던 것처럼, 심지
어 사라졌다는 사실조차 아무도 모르고 있는, 누구에게도
알리지 않았을 뿐, 생활을 정리한 뒤 아무 연고가 없는 먼 곳
으로 떠나 서너 달 정도 은둔하고 있는, 연락이 닿는 모든 수
단을 닫아두고 깨끗이 고립되는, 그래서 지금껏 '나'로서 존
재해 온 나 자신을 초기화하는 시간. (사라졌다는 건 곧 조연이
라는 방증이므로.) 나는 원래부터 존재하지 않았던 것처럼 금
세 잊힐 것이고, 얼마 못 가 그들이 그리워지는 건 오히려 나
이겠지만 말이다. 은둔할 먼 곳에도, 내가 원래 있던 곳에도,
어느 쪽에도 속하지 못하는 이방인으로서…… 라고 포장하
지만, 어쩌면 나는 이미 스스로를 모두의 이방인쯤으로 여

기고 있는 건지도 모른다. 그들에게 속해 있지만, 동시에 무의식적으로 벗어나 있는, 이미 나 자신으로부터 한두 걸음 정도 물러나 마음의 거리를 두고 있는, 나라는 이방인의 이방인, 메타 이방인. 그러니까 이런 식의 도피적인 상상이나 하고 있는 것이다. 그다지 유쾌한 일은 아니다. 그럼에도 불구하고 한 번쯤은 정말 신기루처럼 사라져보고 싶다. *앤 카슨의 고양이*처럼 깨끗이 지워지는 환상이고 싶다.

15

현대미술은 정말로 작가와 작품의 맥락에 의해서만, 그리고 그 맥락을 제대로 이해하는 관람객에 의해서만 의미를 가질까? 관람객에 따라 작품의 의미나 가치가 달라지기도 하는 걸까? 강릉으로 가는 기차표를 끊기 바로 몇 시간 전, 우연한 자리에서 친구들과 밤늦게까지 그런 대화를 나눴다. 나는 솔직히 맥락을 이해하는 사람의 감동과 전혀 알지 못하는 사람의 감동 사이에 어떤 차이가 있을 수 있는지 잘 모르겠다는 입장이었다. 그걸 비교하려는 생각 자체가 일종의 선민의식 같은 게 아닐까 싶기도 했다. 그저 작가의 에센스essence가 충분히 진심이라면 어떤 식으로라도 작품을 통해 전달되는 거라고 생각했다. 중요한 건 에센스다.

아그네스 마틴Agnes Martin의 전시가 열렸던 솔올미술관에는 관람객이 그리 많지 않았고 평일임을 고려하더라도 꽤 한적한 편이었다. 어디든 주로 혼자 방문하는 편이지만, 이

전시회에도 혼자 방문하길 잘했다고 생각했다. 다양한 사람들이 오고 갔다. 외부 정원에 삼각대를 두고 미술관 건물을 배경으로 키스를 하며 셀카를 찍는 연인, 청량한 스프라이트 셔츠로 한여름 커플룩을 맞춰 입고 온 연인, 혼자 방문해 부지런히 노트에 메모를 하는 안경 쓴 할머니, 삼대가 함께 방문한 조용한 가족, 화려하게 단장하고 몰려다니는 중년 여성들의 동창회 모임, 집 앞 편의점에 나온 듯한 가벼운 차림으로 크록스를 신고 관람 중인 소녀. 저마다의 몰입된 눈빛으로 작품을 바라보고 있었다. 마지막 추상표현주의자, 구상이 아니라 마음을 그리는 일. 전시 하나를 보기 위해 강릉에 일박을 했고 약 이십만 원의 경비를 썼는데 아깝다는 생각은 전혀 들지 않았다. 개관한 지 얼마 되지 않아 뭔가 준비가 덜 되어 있는 느낌이었는데 그런 어수선한 현장감조차 그저 자연스러워 보였다.

좁은 세미나실에 대충 배치된 딱딱한 나무 벤치에 앉아 아그네스 마틴의 인터뷰가 수록된 오십칠 분가량의 다큐멘터리를 처음부터 끝까지 연속으로 두 번 보았다. 허리와 엉덩이가 너무 배겨서 어떻게든 편안한 자세를 찾아보려고 했으나 실패했다. 소처럼 얼굴과 시선을 가만히 두고 입을 오물거리며 말하는 그녀의 말에는 시간을 뛰어넘는 분명한 진심이 배어 있었다. 선명한 태도가 느껴졌다. 두 번째 보면서는 나도 모르게 마음속으로 그녀의 말 몇 마디를 따라 되뇌고 있었다. 전시실에서도 한참을 머물렀다. 고립된 마음으로부터 비롯된 수천수만 개의 수평선을 그었을 그녀의 붓질과 시간이 하나의 응축된 감정으로 다가왔다. 캔버스 너머에 남겨진 영원한 순간 같은 거라고 생각했다. 뭔가 대단한 걸 그리려고 했기 때문이 아니라 그것이 그녀의, 아그네스 마틴이라는 한 사람의 에센스이기 때문에 가능했을 것이다. 텅 빈 큐브의 한가운데에 오래 앉아 바라볼 수 있도록 커다란 벤치가 마련돼 있었다면 참 좋았을 텐데.

그녀의 수평선은 프레임 안에서 밖으로 밖으로 끝없이 뻗어나갔다. 삶은 그토록 단순하다. 나는 매사를 무의식적으로 복잡하게만 생각하는 경향이 있다. 복잡해지기만 해서는 에센스를 발견할 수 없다. 사람들이 뭐라고 평가하든, 친구들이 뭐라고 말해주든, 우리는 우리가 할 일을 해야 한다. 불확실한 미래를 그리기보다는 그저 확실한 아침을 기쁘게 맞이하고 오늘의 할 일을 해야 한다.

인터뷰 중간에 그녀는 *이번 삶 This time*이라는 표현을 쓴

다. 전생에 이미 수없이 반복해 온 이런저런 삶이 있기에 이
번 삶에서만큼은 고독한 혼자이길 요청했다고 말한다. 거기
엔 그녀만의 확신과 오래된 충만이 담겨 있었다. 그리고 내
겐 그 한 마디가 커다란 의식으로 남아 있다. 단 하나의 에센
스, 그건 그걸 원하는 누구에게나 가능한 일일 것이다. 나라
는 환상, 허상인 경계를 꿰뚫어 전체를 인식하고 마음을 깨
끗이 비울 수 있을 때 비로소 있는 그대로의 세계를 직시할
수 있다. 자신만의 순수한 아름다움과 감응하는 일, 그리고
그것이 단순한 삶의 태도로 발현되는 일. 적절한 시기에 적
절한 전시를 만나서 참 다행이다. 하나씩 하나씩 비워가면
서 선명해지고 싶다.

2

영원한 비밀이 없는 게 아니라
비밀은 영원히 없네

1

피아니스트 조성진이 말하는 쇼팽 발라드 4번: 이 곡은 시작을 연주하지 않아요, 이미 시작되고 있어요.

이미 시작된*already started* 순간의 공기를 부드럽게 실어오는 그의 왼손가락과 그걸 따라오는 오른손가락……. 그가 전하는 섬세한 시작의 감각이 긴 여운을 남겼다. 돌이켜보면 나를 둘러싼 대부분의 사건들은 은연중에 이미 시작되고 있었다. 내가 모를 뿐. 정확한 시작의 순간은 언제나 알 수가 없고, 부재한다고 해도 과언이 아니다. 사랑이 그러하듯이. 마음이 그러하듯이. 이미 시작되었다는 걸 스스로 아는지 모르는지, 그것에 내 마음을 자연히 실어 보낼 수 있는지, 그러다 돌연 끝을 맺는다고 해도 무너지지 않고 받아들일 수 있는지, 반복과 모순에 좌절하지 않을 수 있는지.

왼마음은 오른마음을 따라간다. 그리고 하나의 흐름이 된다. 모든 것은 늘…… 이미 시작되고 있다.

2

녹기 직전의 늦서리 같은 기억들. 두 사람이 함께 찍힌 사진을 보며 떠올린다. 대화보다는 대화 사이사이의 정적을. 그때 우리가 무슨 얘길 했더라?

나는 일기를 쓰지 않는다. 그건 바로 직전의 과거를 받아 적기만 하는 일이기 때문이다. 시제나 형식에 구애받지 않고 그냥 떠오르는 대로 쓴다. 뭔가를 떠올린다고 할 때, 어차피 그건 이미 사라지고 없는 것이다. 내게 없는 것을 복원하고 재현하는 일이다. 그래서 누구나 자기 자신에 대한 고고학자일 수밖에 없다. 클리셰가 되지 않기 위해 나는 열심히 읽고 쓴다. 읽다가도 쓰고 쓰다가도 읽는다. 다만 일기는 쓰지 않는다. 내가 기억하는 것은 언제나 이미 사라지고 없으므로 대부분 거짓일 수밖에 없다. 누구에게도 거짓은 말하지 않지만, 내가 쓴 것은 어떤 의미로는 다 거짓에 속한다. 그렇다고 해서 전혀 진실이 아닌 것은 아니다. 지휘자의 지휘를 연기하는 연기자처럼 내겐 어떤 악의도 없다.

정말로 늦서리 같은 건 바로 나 아닐까?

동시다발적인 회상의 건축. 무의식의 미장센mise-en-scéne. 그것은 가벼운 호기심이나 짓궂은 말장난과 하나도 다를 바 없다. 자아에 얽매인 감정들, 감정이 굳어진 건반들.

캄캄한 무대 뒤편에서 나는 콘트라베이스의 현을 새것으로 갈아끼운다. 그 사이 나의 분신과도 같은 연기자는 지휘자의 지휘를 완벽하게 연기해낸다.

슬퍼도 슬프다고 말하지 못한다. 때로는 슬픔 바깥의 슬픔을 선취해 연기한다. 우리가 슬픔을 제대로 슬퍼하지 못하는 건 무의식의 방어기제 때문이다. 그래서 모든 슬픔은 부정확하다. 마음을 비껴간다. 우리에겐 눈빛과 몸짓 따위의 비언어적인 기호에 밝은 전문 조율사가 필요하다. 새것으로 갈아끼운 콘트라베이스의 현을 하나하나 튕겨보면서 무엇이 껍질이고 무엇이 알맹인지 충분한 대화를 나눠봐야 한다.

늦서리가 내린다. 눈은 눈 위에 계속 덮어씌워진다. 끊임없이 새로운 이야기가 적힌다. 완벽한 재현은 있을 수 없으므로 과거에 대한 퇴고는 끝나지 않는다.

기억은 다 일종의 각본이므로 우리는 자기 자신의 비밀스러운 스파이가 되지 않을 수 없다. 나 자신의 그림자와 은밀하고도 일정한 거리를 오랫동안 유지하면서, 사람과 사람 사이에 단 하나의 진실은 별로 중요하지 않다는 걸 깨닫게 될 것이다. 그리고 까맣게 잊어버릴 것이다. 어차피 진실이란 수많은 각본들 중 선택된 하나일 뿐이다.

나는 일기를 쓰는 대신에 거의 매일 커피와 위스키를 마신다. 감정의 현을 새것으로 갈아끼우면서, 나만이 느끼는 슬픔을 정확하게 조율하면서, 내 무릎에 엉덩이를 붙이고 코를 고는 사랑스러운 강아지의 등을 다정하게 쓰다듬으면서. 슬픔이 다른 무엇과도 치환될 수 없다는 걸 알면서도 나는 어쩌면 죽을 때까지 커피와 위스키를 끊을 수 없을지도 모른다. 인생은 원래 그렇게 어리석다. 바보 같지만, 그게 인생이다.

이 짧은 이야기에조차도 약간의 거짓이 섞여 있다.

말장난을 좀 해볼까, 악의는 하나도 없는.

매해 겨울의 끝자락을 잘 매듭짓기 위해 나는 이곳저곳의 아름다운 늦서리를 찾아다닌다. 녹아서 물이 뚝뚝 떨어지는 장면을 카메라로 찍는다. 플래시가 번쩍번쩍한다. 나는 나라는 고고학자를 연기하는 연기자이고, 현실과는 거리가 먼 이상한 문장들을 쓰고 있다. 좀처럼 연결되지 않을 것 같은 문장들을 앞뒤로 이어 붙인다. 호기심 가득한 다섯 살 아이가 컬러 블록을 조립하듯이, 벽지에 크레파스를 마구잡이로 휘갈기듯이, 세발자전거를 끌고 나가 대단지 아파트 안에서 길을 잃어버리듯이. 그렇게 쓴 것은 수필도 소설도 아니다. 시도 아니고 뭣도 아니다.

어떤 시인들은 아끼는 언어를 부숴버린 뒤 임의로 재조립하는 괴상한 취미를 가지고 있다. 말의 와해라기보다는 말의 새로운 감각을 발견하는 일이다. 말할 수 없는 슬픔을 조율하는 일이다. 한낮의 투명한 늦서리를 들여다보면서 나는 유실물 센터에 맡겨진 어느 콘트라베이스의 주인을 생각한다. 나의 비밀스러운 스파이를 떠올린다.

환상의 와해 속에서 현실의 종이 울린다.

나는 일기를 쓰는 대신에 들판에 모닥불을 피운다. 들개 몇 마리가 불 곁으로 둘러 모인다. 우리는 함께 셀프 카메라를 찍는다. 그 사이 늦서리가 사르르 녹아내린다.

3

오늘따라 비 냄새가 비릿하다. 비는 원래 비릿했던가. 간밤의 꿈에서는 내 오른쪽 턱뼈가 부서졌다. 꿈의 서사가 대개 그렇듯이 앞뒤 맥락은 잘려나가고 없다. 산산조각이 난 녹색 뼛조각들이 와르르 손안에 쏟아졌다. 그걸 잘 모아서 녹여서 굳히면 다시 턱을 끼울 수도 있겠다는 생각이 들었고, 나는 황급히 어떤 사람들을 찾아다녔다. 응급실로 가는 길에 꿈이 하얗게 밝아졌다. 잠에서 깨고도 턱 부위에 얼얼한 감각이 남아 있다. 오늘따라 그 여운이 생생하다. 마치 정말로 부서졌던 것 같다. 괜히 두어 번 입을 크게 벌렸다가 닫았다가 하면서 귀밑을 매만져본다. 입을 벌리고 닫을 때마다 턱관절에서 이상한 소리가 나기 시작한 지는 벌써 십수 년째다. 다행히 사는 데 별 지장은 없었고 일부러 의식하지 않으면 모를 만큼만 오른쪽 턱이 늘 조금 뻐근할 뿐이다. 거실이 너무 습해서 서큘레이터가 천장 쪽을 향하도록 켜놓고

창문을 모두 닫아둔다. 우산을 쓰지 않고 집을 나선다. 초콜
릿 컬러의 얇은 나일론 풀오버 위로 빗방울이 후두둑 떨어
진다. 비가 스며서 살갗에 닿는 게 느껴진다. 얼룩덜룩하던
길가의 창문들이 깨끗해진다. 바람은 거의 불지 않는다. 아
직 올해의 첫 태풍이 오지 않고 있다. 유월 무렵이면 꼭 한두
번의 태풍이 휩쓸고 갔던 것 같은데 이번에는 이상하리만치
조용하게 지나간다. 모르긴 몰라도 뭔가 거대한 것이 다가
오고 있을 것만 같다. 여름치고는 너무나도 고요하기 때문
이다, 여름치고는…….

4

무덤덤한 척하는 게 아냐. 나 정말로 무덤덤해서 그래. 누구에게든, 무슨 일에든. 매사 그러고 싶진 않은데 내가 이미 그렇게 생겨 먹은 걸 어쩌겠어. 지금 이 말까지도 그렇네. 나는 때론 나 자신이 감옥 같아. 지긋지긋해. 무슨 짓을 해도 무덤덤한 나 자신을 벗어날 수 없다는 것. 자기 자신일 수 있다는 건 누구나 자기 자신 안에 갇혀 있다는 것.

나 가끔은 터져버리고 싶고 울어버리고 싶어. 마구 화도 내보고 싶어. 차라리 누가 날 좀 터뜨려줬으면 좋겠어. 누구에게도 말할 순 없지만, 기꺼이 받아줄 사람도 없지만. 영화나 드라마에서 보면 있잖아, 끝끝내 참고 참다가 갑자기 화를 내고 소리지르는 캐릭터들이 난 좋아. 마음이 가. 현실에선 좀 싫을 수 있지. 스크린 너머로는 이상하게 좋더라고. 짜릿하잖아. 앞뒤 재지 않고 폭발하는 순수한 감정 말이야. 철저히 연기일지라도 감정은 감정이잖아. 그걸 보는 나는 대체로 무덤덤하지만, 가슴 깊은 곳에서는 뭐라 형용할 수 없는 기이한 희열을 느껴.

나도 연기를 한 번 배워볼까? 그럼 뭔가 좀 달라질 수 있을까?

5

집에서 보내는 시간들이 나날이 소중해진다. 혼자 있으면 할 일이 없을 것 같지만, 오히려 할 일이 너무 많아서 심심할 겨를이 없다. 끼니만 적당히 해결할 수 있을 만큼 냉장고가 차 있다면 이삼일 정도 집에 틀어박혀 있는 건 일도 아니다. 집에 있는 동안 제일 바쁘게 시간을 보내는 건지도 모른다. 밥도 차려 먹어야 하고 뒹굴거리기도 해야 하고 식물 친구들도 살펴줘야 하고 밀린 집안일과 분갈이도 틈틈이 해야 하고 책도 읽어야 하고 영화도 봐야 하고 유튜브도 봐야 한다. 외출하지 않기로 작정한 날에는 집의 시간 속에 파묻혀 자잘한 걱정들을 잊을 수 있다. 권태로우면서 평화롭다. 그건 역으로도 가능해서 어떤 날에는 아무 생각 없이 평화롭고 싶어서 외출하지 않기로 작정하기도 한다. 집에만 있느라 몸이 뻐근하거나 머리가 어지럽거나 할 때에는 따듯한 물로 목욕을 좀 오래 한 뒤 가볍게 산책을 하거나 맛있는 커피를 한 잔 마시고 돌아오면 다시 집의 시간이 새로워진다. 짜릿해진다.

나는 한적한 동네의 붉은 벽돌로 지어진 구옥 빌라의 꼭대기층에 살고 있다. 일층에 살고 계신 주인 할머니가 십수년 전에 큰아들이 거주할 수 있도록 옥탑을 증축한 집이다. 주변에 높은 건물이 하나도 없어서 서쪽과 북쪽에 인왕산과 북악산이 보이고 동쪽으로 내다보면 경복궁의 돌담과 오래된 나무들까지 내다보인다. 동서남북으로 크고 작은 창이 나 있어 해가 뜰 때부터 질 때까지 돌아가면서 햇빛이 든다. 창을 다 열어두면 바람이 사방으로 통한다. 미세먼지가 적은 날에는 온종일 창을 열어두기도 한다. 환기와 향기를 중요하게 여겨서 거의 매일 인센스 스틱을 태운다. 아니면 가끔 룸 스프레이를 옅게 뿌린다. 요리를 해 먹거나 빨래를 말려 걷고 나면 습관적으로 하는 일이다. 자연스러운 방향芳香은 내겐 없어선 안 될 의식과도 같다. 때마침 개화한 목본류 야생화가 은은한 향기를 퍼뜨려주기도 하고, 잘 익은 제철 과일을 씻어 먹으며 과일 향을 만끽하기도 하고, 신선한 원두를 갈아 커피를 내려 마실 때의 산뜻한 향이 거실을 채워주기도 한다. 시원하게 비라도 쏟아지는 날에는 빗물이 집

안에 조금 튀더라도 이십 센티미터 정도 창을 열어둔 채 한참 동안 비 냄새를 들이기도 한다.

아침이면 새들이 지저귀는 소리에 잠에서 깬다. 사소하고도 확실한 행복이다. 침대 머리맡 위 창 바로 앞의 소나무 우듬지에는 나보다 더 먼저 이곳에 정착한 어느 까치 가족의 커다란 둥지가 두 채나 있다. 촘촘히 지어진 나뭇가지 둥지에서 새끼 까치들이 먹이를 달라고 아우성친다. 테라스 난간으로 날아와 앉은 어미 까치와 종종 눈이 마주치기도 한다. 늦은 오후 거실 바닥과 나무 스툴 곁에 길게 드러누운 주홍빛 노을의 날갯죽지를 바라본다. 가만히 보고 있으면 그 순간만큼은 정말로 아무것도 바랄 게 없다. 집 안이 완전히 어두워질 때까지 나는 종종 아무것도 하지 않고 그저 기다린다. 빛들의 물러남을 느낀다. 그러다 보면 어느새 어둠이 들어서 있다.

6

좋아서 여러 번 읽은 시집이 두어 권쯤 있는 사람들의 복잡함이 좋다. 저마다 혼자만 아는 즐거운 아집 같은 것이 그 안에 있다. 손때가 많이 묻은 빛바랜 종이, 느낌에 덮이고 묻히는 쓸모없는 이해들, 단어와 공백들 속에서 웃고 울고, 선명해지기도 하고 희미해지기도 하는, 책장을 덮고 나면 말할 수 없는 감정에 휩싸이곤 하는, 기쁨이 더는 기쁘지 않고 슬픔도 더는 슬프지 않은 사람들.

그 시가 왜 좋아요? 라고 물으면 딱히 할 말은 없는, 떠오르는 말은 많아도 그게 좀처럼 말이 되지 않아서 그냥 우물우물하다 마는, 눈빛으로만 끄덕끄덕하다가 모호하게 웃어보이는 사람들.

7

마음이 무거운 날에는 얼른 몸을 일으켜 산책을 다녀온
다. 아무리 게으른 나라도 그건 별로 귀찮지 않다. 일단 나가
서 바깥 공기를 마시다 보면 한결 가벼워진다. 나무와 들꽃
과 길고양이를 마주치면서 주위를 둘러볼 여유가 생기고,
이래저래 복잡했던 생각들도 조금 환기가 된다. 가끔은 창
문을 활짝 열어두거나 밤의 테라스로 나가서 하늘을 올려다
본다. 날씨가 너무 덥거나 폭우가 쏟아져 그것도 어렵다면,
타 언어권의 옛날 영화나 오리지널 사운드트랙, 혹은 예술
가의 인터뷰나 우주 물리학에 관한 다큐멘터리 등의 너무
시끄럽지 않은 유튜브 비디오를 아무거나 틀어놓는다. 외국
어 음성이면 더 좋다. '광속의 10조 배 속도를 체감'할 수 있
는 우주 관련 유튜브 채널 같은 거라든지, 재즈 피아니스트
인 배리 해리스Barry Harris의 '너희는 전혀 스윙하고 있지 않
아'로 알려진 오래된 녹화본 같은 거라든지, 전성기의 예술

가를 인터뷰하는 테이트Tate의 다큐멘터리 같은 거라든지. 무슨 내용인지 전혀 못 알아들어도 상관없다. 어차피 제대로 듣지 않을 생각으로 틀어두는 거니까. 그것도 아니라면 다 접어두고 그냥 완전히 늘어진 채로 눈을 감고서 우주 한복판을 유영하는 상상을 한다. 나는 시간도 공간도 불명확한 어디론가 마음껏 헤엄쳐 간다. 한 번 몰입하기 시작하면 걷잡을 수 없이 무한해지다가 어느 지점에 이르러 감각을 초월한 것처럼 납작해지고 편안해진다. 다 하찮아지고 괜찮아진다. 심각했던 고민들도 별 게 아닌 것처럼 느껴진다. 빛의 속도로 날아가도 결코 다 헤아릴 수 없는 크기의 우주, 그 어딘가의 창백한 푸른 점 하나일 뿐인 지구, 은하와 은하 사이, 별과 별 사이…… 먼지 한 톨조차 되지 않는 내가 왜 이렇게 복잡한 생각들로 괴로워하고 있지? 나 되게 거추장스러운 생각들에 빠져 있었구나. 그게 다 뭐라고. 다 마음이 지어낸 환상 같은 거잖아. 인류의 상상력을 다 더해도 우린 아직 지구라는 아주 작은 행성조차 벗어나지 못했잖아. 비록 나는 던져진 존재지만, 주어진 시간을 오롯이 내 뜻대로 쓸 수 있다는 사실만으로도 삶은 충분하다. 그러면 된다. 삶과 죽음은 동전의 양면과도 같아서 언제 죽어도 이상한 일이 아니지. 그건 시작도 끝도 아니지. 애초에 그런 건 없지. 오늘은 영원한 오늘일 뿐이지. 새삼스레 충만해져서는 가까운 사람들에게 고마움을 표하고 싶어진다. 만나면 꼭 말해줘야지. 오늘은 조금 더 멀리 돌아 산책을 다녀와야지.

8

생각에는 끝이 없다. 스톱stop이 아니라 포즈pause, 아주 잠시 멈춰둘 수 있을 뿐이다. 멈추고 싶어도 잘 멈춰지진 않는다. 과도한 생각은 독이 된다는 걸 알면서도. 그래서 지긋지긋할 때도 많다. 요가나 명상 같은 걸 한 번 배워봐야 하나. 요가는 왜 명상을 기반으로 할까? 명상을 통해 생각을 비우고 어느 지점에 다다르면 자유로울 수 있을까? 이미 자유롭도록 선고받아 세상에 던져진 우리에게 자유란 뭘까? 꼬리에 꼬리를 무는 물음표, 물음표, 물음표. 의문은 나에게 무한 동력이다. 숨 쉬듯이 하는 것이다. 끝없는 의식의 흐름. 강물이 바다로 흘러 들어가듯이, 둑으로 막아 세워도 언젠가는 흘러넘치듯이. 생각 총량의 법칙이란 게 있는 것 같다. 아침에 덜 했다면 밤에 그만큼 채워서 한다. 딱히 새로운 질문은 아니고 늘 해오던 것의 변주일 뿐이다. 그래서 책을 읽거나 영화를 보고 나서 평소에 하지 않던 새로운 생각에 빠지면 꽤 기분이 좋다. 멍을 때리는 와중에도 옆에서 누가 "무슨 생각을 그렇게 해?"라고 물으면 "나 아무 생각 안 해."라고 답하지만, 정말로 아무 생각도 하지 않은 적은 없다. 평소에 정말로 아무 생각도 하지 않는 때가 있다는 사람을 보면 신기하다. 사람이 진짜 아무 생각도 안 할 수가 있나? 꼬리에 꼬리를 무는 생각이 너무 재밌어서 멈추고 싶지 않았던 적도 있는데 말이다. 때론 그걸 즐기는 것 같기도 하다. 의식의 흐름대로 아무렇게나 써내려간 게 각 잡고 쓴 것보다 훨씬 맘에 들었던 적도 많다. 생각을 멈출 수 없어서 마음이 무겁고 지치는 날에는 차라리 다 태워버려야 한다. 숨이 터지기 직전까지 실컷 뛰고 오든지 양팔의 감각이 다 사라질 때까지 푸시업을 하든지. 숨이 차고 피가 돌 만큼 에너지를 쏟아부은 뒤 원점으로 되돌아간다. 상황을 단순하게 만들어버린다. 지금 이 생각들도 실은 다 무슨 소용인가 싶다. 멍하니 창밖을 내다본다. 하늘을 올려다본다. 읽던 책이나 마저 읽자. 새로운 생각으로, 밝은 샛길로 빠져보자. 충분히 사유하되, 자주 태우고 비워버리자.

9

영원한 비밀이 없는 게 아니라 비밀은 영원히 없네.
무수한 마음들의 그림자는 언제나 하나라네.

너무 오래 제자리를 맴돌고 있다는 느낌을 지울 수가 없다. 벌써 수년째다. 사는 동네를 잘 벗어나지 않는 데다 거의 매일 비슷비슷한 일상을 보내다 보니 쉽게 매너리즘에 빠지는 것 같다. 안정감이 들고 그게 좋기도 한데, 자꾸 벗어나고 싶고 훌쩍 떠나버리고 싶다. (내 사주의 한자인 인목寅에 역마살 중의 역마살이 있다는데 그래서 그런 걸까?) 모순적이게도 이렇다 할 문제가 없는 정착된 생활 속에서 권태와 평화를 동시에 느낀다. 멀어지고 싶진 않은데, 언제라도 지금 여기를 벗어나고 싶다는 이상한 모순. 이 마음이 나도 잘 이해가 되질 않는다. 새로운 것에 늘 호기심을 갖긴 하지만, 그보다 더 애착을 갖는 건 이미 내게 익숙한 것들이다. 오랫동안 좋아해온, 그래서 잘 아는, 늘 같은 자리에 있는 것들에게서 자연스러운 편안함을 느끼는데, 실은 마음 한구석에서는 새로운 자극을 갈망하고 있는 것이다. 예전에는 그런 시도나 도전에 스스로 열려 있었고 그만큼 에너지도 충만했던 것 같은데, 근래에는 많이 떨어졌음을 느낀다. 하고 싶은 건 많은데 막상 시작하려고 하면 어느새 망설이고 있는 나 자신을 발견하곤 한다. 혼자만의 공상으로 나름의 시나리오를 진행시켜본 뒤 일단 미뤄두거나 포기해버린다. 완전히 잊어버리는 건 또 아니고 서랍 속 대기열에 넣어두긴 하는데, 그런 게 이미 너무 많아서 다 고만고만하게 느껴지기 때문에 초반에 가졌던 흥미를 잃고 만다. 첫 반짝임이 사라져버린다. 나는 누구일까? 내가 정말로 좋아하고 바라는 건 뭘까? 나라는 존재의 유의미한 에센스가, 누구의 영향도 받지 않고 몰두하고 정진할 수 있는 뭔가가 필요하다고 느낀다. 어떤 심연과도 같은 공백을 느낀다. 열망에의 갈망이랄까, 그게 심지어 시지프스의 형벌과 같은 것일지라도. 이대로 살다간 이도 저도 아닌 채로 허송세월해 버리는 게 아닐까 하는 불안감이 있다. 괜히 조급해지기도 하고, 습관적으로 속단과 태만에 휩싸이기도 한다. 두려움의 문제일까, 게으름의 문제일까……. 갈피를 잡지 못하고 있다. 삶이라는 미로는 너무나 방대하다. 내 앞에 나타나는 모호한 갈림길들, 그 환상을 다 지워버리고 싶다.

11

미래는 너무 가볍게 느껴지고, 나는 어쨌거나 오늘의 일들이 제일 중요하다. 기껏해야 내일이나 모레의 일들까지만 관심을 가진다. 그보다 뒤부터는 너무 희미해서 환상 같고, 잡힐 듯 잡히지 않는 느낌들뿐이다. 나는 언제나 바로 지금, 바로 다음 순간이 제일 궁금하다.

아침에 눈을 뜨자마자 일단 커피를 한 잔 내려 마시고 난 뒤 그제서야 오늘 하루를 어떻게 보낼지에 대해 생각한다. 미리 정해둔 대로 하루를 보내는 것보다 그때그때 생각나는 대로 하고 싶은 걸 하면서 하루를 보내는 걸 좋아한다. 유연한 하루가 내겐 제일 자연스럽다. 다가오는 모든 순간은 비어 있고, 내게로 와서 채워지는 동시에 다시 비워진다.

시제는 꽤나 피로한 감각이다. 현재에 몰두해 있다가 미래를 떠올리기 시작하면 마음이 복잡해진다. 가끔은 버거워서 토해버릴 것 같다. (나는 뭔가를 토해내는 걸 끔찍이도 싫어한다.) 현재와 미래를 저울질하기를 그만두고 싶다. 하지만 또 단순히 현재의 행복만을 추구하는 쾌락주의자가 되어 살고 싶지는 않다. 영원히 관념일 뿐인 미래는 아직 열리지 않은 상자 속에 들어 있다. 슈뢰딩거의 고양이처럼. 미래가 우리에게로 다가오는 게 아니라 우리가 끝없는 현재를 제자리걸음하는 것이다. 미래 시제의 나는 영구히 진공 포장되어 있는 가벼운 환상이다. 밀봉된 그것의 겉면에는 흰 바탕에 검은 글씨로 '미래'라는 이름표가 작게 붙어 있다. 나는 그 누구에게도 환상에 관해 묻고 싶지 않다. 토해버릴 것만 같기 때문이다.

꽤 오랫동안 글을 쓰고 책도 내고 나름대로 충실하게 현재를 일궈나가고 있지만, 나는 여전히 내가 정말로 하고 싶은 게 뭔지 잘 모른 채로 망망대해를 표류하고 있다고 느낀다. 글쓰기가 과연 나의 업이자 소명일까? 혹시 내 진정한 소명은 다른 데 있는 게 아닐까? 내가 좋아하는 일과 잘할 수 있는 일은 따로 있는 게 아닐까? 이대로 현재를 표류하다 보면 언젠가 만날 수 있을까?

현재를 마음껏 표류하기. 중요한 건 마음껏이다. 그래야 방황이 아니라 방랑하는 기분으로 나아갈 수 있다. (두 단어의 앞 글자가 서로 같은 한자일 줄 알았는데 찾아보니 다르다. 방황仿徨은 '헤맬 방'에 '헤맬 황'이고, 방랑放浪은 '놓을 방'에 '물결 랑'이다. 무작정 헤매고 또 헤매는 쪽이 방황이라면 물결처럼 현재를 흘러가는 대로 두고 마음껏 누리는 쪽은 방랑이다.) 삶은 계속된다. 해가 거듭될수록 목적 지향적인 생활은 나와 잘 맞지 않다는 걸 깨닫는다. 어디에도 종착지는 없다. 내일을 알 수 없기에 마음이 어지럽지만, 그렇기 때문에 어디로 흘러갈지 모르는 오늘이 기대된다. 지금 여기 오늘이 있다는 사실만으로 충분하다.

12

자연스러운 모순과 불협화음 속에 산다. 가만히 있으면 움직이고 싶고, 움직이면 다시 가만히 있고 싶다. 일상에서는 떠나고 싶고 떠나 있으면 다시 돌아가고 싶다. 벗어날 수 없는 지금을 벗어나고 싶다. 이것은 병증일까? 나날이 충분하고 감사한 일들뿐이지만, 이대로라면 영영 이 굴레를 벗어날 수 없을 것만 같은 기분이 든다. 굳어져버릴 것 같아서 도망가고 싶어진다. 버려진 우물이 조용히 고여서 썩어가듯이, 그것이 실은 나를 서서히 집어삼키고 있는 늪이라도 되는 것처럼. 사람은 폐쇄 병동의 어느 병실에 갇혀 끊임없이 다른 방으로 옮기고 싶어 하는 환자와도 같다고 누가 그랬다. 계속해서 자신이 처한 현실을 벗어나고 싶어 한다는 뜻이다. 좋든 나쁘든. 벗어나면 달라질까? 벗어난 그곳도 계속 현실일 텐데. 아니면 누구나 그저 뭔가 달라질 수도 있다는 사실, 변수 그 자체, 어떤 가능성을 필요로 하는 걸까?

13

다소 무모한 행동이 우리를 확실한 미래로 이끈다. 망설일 때마다 빛들의 미로는 점점 더 복잡해진다. 나는 첩첩산중을 홀로 떠도는 늦겨울의 호랑이처럼 그 미로 속을 거닌다. 정처없이 헤맨다. 앞으로 생겨날 발자국들—수많은 가능성들이 서로 충돌해 어지럼증을 일으킨다. 나는 꿈을 꾸는 것을 별로 좋아하지 않는다. 쓸데없는 꿈을 꾸고 싶지도 않다. 그저 내가 원하는 걸 원하는 만큼 할 수 있도록 스스로 방관하고 싶다. 해 봐. 일단 해 봐. 계속 해 봐. 섣불리 판단하지 말고 너 자신에게 더 많은 기회를 줘. 누가 누구에게 외치는 대사인 건지? 사방에서 나를 비추던 십수 개의 카메라 렌즈가 팡! 하고 동시에 깨져버린다. 담벼락을 훌쩍 뛰어넘어 미로를 빠져나온 호랑이가 점점 더 선명해진다. 나는 꿈에 대해 이야기하기를 별로 좋아하지 않는다. 백 퍼센트의 깊고 푸른 눈빛이 뜻밖의 현재를 일깨운다. 발자국은 끝나지 않는다. 세계는 멈추지 않는다. 알면서도 모른 척해 온, 오랫동안 게으르게 반복되어 온, 이미 예견된 무대와 각본들.

14

의미와의 싸움에서 나는 여전히 지고 있다. 질 수밖에 없는 싸움인 걸 알면서도 이어가고 있는 건지도 모른다. 이기고 지는 게 무슨 의미가 있나 싶지만, 그래도 알고 싶어서, 제대로 느끼고 싶어서, 분명 의미라는 게 어딘가에 있을 것만 같아서. 내가 한 선택과 행동들로부터 자꾸 의미를 찾으려고 하면 처음에 왜 내가 그걸 하려고 했는지를 잊어버린다. 관념일 뿐인 의미를 찾아 헤매면서 나 자신을 전복시키고 있는 건지도 모른다. 그건 그냥 내가 내 마음을 따라가는 동안 경험하게 되는 걸 텐데 말이다.

기로에 설 때마다 생각하게 된다. 어느 쪽을 택할지, 그리고 각각의 갈래에서 내가 무슨 의미를 얻을 수 있는지. 마치 의미라는 게 선택의 보상으로 주어지기라도 하는 것처럼. 돌이켜보면 그건 얼마나 더 진실된 나로 살아갈 수 있느냐의 문제였다. 껍질을 벗다 보면 뭔가 본질 같은 게 드러날 거라고 생각했지만, 벗겨도 또 벗겨도 계속 새로운 껍질이 드러날 뿐이었다.

이제 조금은 알 것 같다. 의미 같은 건 그 안에 없고, 그저 걷고 또 걷다 보면 내게로 체화될 느낌들만이 존재한다는 걸. 내가 할 일은 체념한 채로 걷는 일이다. 눈빛을 반짝이며 걷는 일이다.

15

밤이 무르익는다. 어디선가 익숙한 브룬펠시아 자스민의 그윽한 향기가 날아온다. 열 시 즈음이면 집 근처 골목들이 거짓말처럼 조용해진다. 자하문로를 쏜살같이 달리는 자동차 소리들만 저 너머에 있다. 어둠에 거실이 통째로 삼켜져 있다. 참을 수 없는 고요가 부풀어올라 터져버릴 것만 같다. 전기 신호 같은 이명이 들려온다. 곧이어 나만 홀로 세상에 남겨진 듯한 쓸쓸한 기분, 명징해지는…….

현재와 마주앉기.

과거와 미래가 의식의 허상이라는, 일시적인 자각.

모든 것의 순서가 지워진다. 초연한 마음으로 뭐든 다 해낼 수 있을 것만 같아진다. 뭐든 다 사랑할 수 있을 것만 같아진다. 시간 순서가 사라진다는 건, 어제와 오늘을, 영원과 순간을 구분할 수 없다는 뜻이다. 그리고 내가 마음먹은 대로 뭐든 사랑할 수 있게 된다는 뜻이다.

오전은 멍하니 흘려보내고, 다가오는 햇빛을 받으면서 정신을 조금씩 깨우고, 이른 오후까지는 살짝 들뜬 채로 시간을 보내다가, 어둑어둑해질 때쯤 차분해지고, 마침내 캄캄해지고 나면 유령 같은 감정들이 나를 찾아와 말을 걸기 시작한다. 그들은 옅은 달빛을 고루 받는 빽빽한 나무들 사이를 유영해 온다. 나는 숲우듬지 위에 올라 나 자신의 무수한 유령들과 매일 밤 대화를 나눈다. 내키지 않을 땐 책을 읽거나 영화를 보기도 한다. 내가 눈을 크게 뜨면 그들은 조용히 물러난다. 세 사람 정도가 둘러앉을 수 있는 작은 거실과 낡은 침대가 나의 근간을 지탱해주고, 제자리를 벗어나지 않는 사물과 식물들이 나와 나 자신의 유령들을 지켜봐준다.

은은한 밝기의 펜던트 조명만을 켜 둔 채로 식탁 앞에 앉는다. 병렬 독서가 편해진 요즘 읽고 있는 다양한 책들이 여기저기 아무렇게나 쌓여 있다. *밝은 방, 두이노의 비가, 지옥보다 더 아래, 어렴풋한 부티크, 북쪽 거실, 시선과 타자, 풀베개, 다다를 수 없는 나라……*. 우연히 쌓아둔 책들의 제목을 나열하는 일은 즐겁다. 생각지도 못한 의외의 말들이 많이 태어나기 때문이다. 뻔한 말보다 그런 말들을 나는 훨씬 더 좋아한다. 말이 되지 않는 말들일수록 높은 확률로 아름답다.

식탁에서 책을 읽을 때 종종 즐겨 마시는 라가불린을 꺼
낸다. 잠깐 망설였지만, 손은 이미 위스키 잔을 기울이고 있
다. 혼술은 딱 오늘까지만. 다 작업실로 옮겨놓든가 해야지.
사 분의 일쯤 남은 위스키 병을 기울이다 문득 궁금해진다.
십오 평 남짓한 이 집에 살게 된 지 어느덧 오 년이 되어가는
데, 언제까지 내가 이 집에 살고 있을까? 이사를 간다면 그
곳은 어디가 될까? 이유는 뭐가 될까? 월세로 살고 있지만,
이사를 가야겠다는 생각이 별로 들지 않을 만큼 나는 이 집
과 동네가 마음에 드는데 말이다. 더 좋은 집으로 이사를 가
더라도 이 집과 이 집에서의 시간은 나의 지대한 일부가 될
거라고 확신한다. 내가 떠올리는 어느 한 시절의 나는 언제
까지고 이 집에 머물러 있을 것이다.

먼 훗날 오늘 이 시간을 회상하고 있을 내 모습이 그려진
다. 미리 그리워진다. 나는 언제나 이 앞선 그리움을 사랑
한다.

3

작은 죽음

1

환기하기.

종이나 글로부터 오히려 벗어나기!

그리고 다시 마주하기.

2

모든 글은 처음에는 독백이다. 그 시작은 어떤 이물감, 구토감, 들릴 듯 말 듯한 중얼거림. 어느 쪽으로도 향하지 않는, 향할 수 없는, 어색하게 우물거리며 입천장을 맴도는, 모래처럼 바스러지기 직전의 애처로운 말들……. 죽은 고목의 몸통에 박힌 말의 머리뼈 앞에 서서 뭔가를 뱉어내듯이 나는 쓴다. 그리하여 뭘 쓰게 될지, 그게 누구에게 가닿을지는 중요하지 않다. 마지막까지 독백으로 남는다고 하더라도 상관없다. 뱉어낸 것이 몇 줄의 문장이 되어가면서 입술은 바짝 마르고 눈빛은 차가워진다. 그래, 이 정도면 됐어. 충분해. 일단 다 쓰고 나면 샘솟던 중얼거림의 원천은 사라지고 문장만이 남는다. (사라짐은 마침표다. 실체가 사라짐으로써 그것은 비로소 완결된다.) 운석이 충돌하고 남은 움푹 패인 구덩이처럼……. 정말 이 정도면 됐나?

혼자 묻고 답하는 독백은 어떤 시간 속의 나에게로 예약

발송하는 말들이다. 예지나 예언이 아닌 그저 편지를 위한 편지들이다. 섬에서 섬으로, 뭍에서 섬으로. 굳이 숨기거나 봉인하지 않을 것이므로 언젠가 타인들도 읽게 될 테지만, 그건 또 그런대로 반가운 일이다. 뜻밖의 대화를 나눌 수 있을 것이기 때문이다. 어쩌면 나는 그렇게 되기를 애타게 기다리고 있는지도 모른다. 멈추지 않는 한 독백은 계속되겠지만, 그것만으로는 마음의 거리를 좁힐 순 없다.

　무슨 말인지 못 알아먹을 말이라도 나는 쓴다. 무슨 말인지 못 알아먹게 하려고 나는 쓴다. 무슨 말인지 못 알아먹을 문장을 위해 나는 쓴다. 읽히려고 쓰는 건데 아무도 못 알아먹으면 그게 무슨 바보 같은 짓이냐 하겠지만, 아무도 못 알아먹으면 좀 어때서? 어쩌면 아무도 못 알아먹을 문장 그 자체를 위해 나는 쓴다. 실은 아무도 못 알아먹을 거라고는 전혀 생각하지 않는다. 누구든 충분히 알아먹을 수 있으나 그러려고 애쓰지 않을 뿐인 거지. 그리고 애초에 알아먹고 못 알아먹고가 없다. 어떤 글이든 결국 읽는 사람에 의해 다시 쓰이기 마련이니까. (섬에서 섬으로, 뭍에서 섬으로. '섬에서 뭍으로'는 있을 수 없다.) 누가 뭐라 하든 제 할 말 하고 제 갈 길 가는 사람이 언젠가 마침내 자신 안의 빛을 본다.

비가 그친 이른 아침 앙상한 나뭇가지에 거미줄이 얽혀 있다. 거기에 맺힌 이슬처럼 미래의 말들이 반짝인다. 이건 나의 예지이자 예언이다.

독백을 다 토해낸 나는 평소보다 살짝 들떠 있다.

3

궁금했던 책, 흥미로운 책, 아름다운 책, 믿고 읽는 작가
의 신간을 예약 주문해놓고, 사고 또 사고, 그때그때 끌리는
대로 읽는다. 그러다 보니 읽는 속도가 사는 속도를 따라가
지 못해 미처 끝내지 못한 책들이 쌓여만 간다. 모아둔 책갈
피가 부족할 만큼 병렬 독서(이면서 게으른 독서)를 하고 있
다. 완독에 얽매이지 않고 손에 잡히는 대로 방탕하게 책을
읽는 게 요즘 나의 독서법이다. 어떤 책은 몇 년이 지나도 다
읽지 못하기도 하고 언제 처음 펼쳤는지도 잊어버린 채 오
랜 여정을 끝맺는 기분으로 마지막 장을 덮기도 한다. 맨 앞
의 단 몇 페이지만 읽고 잠정 하차해버린 책들도 꽤 있다. 하
지만 상관없다. 읽으면서 느끼는 바가 있고 즐거움이 있고
사소하게라도 새로운 생각을 할 수 있으면 그만이다. 한 권
의 책이 단어 하나로만 남아도 족하다. 읽기 시작했으면 반
드시 끝내야 한다는 의무감 때문에 또 다른 책을 펼치는 데

부담을 느끼고 싶지 않다. 내가 읽은 것을 다 이해하지 못한다고 해도 좋다. 읽히는 대로 읽고 느껴지는 대로 느끼고 싶다. 아직 읽지 못한 책들이 한가득이지만, 좋아하는 책들로 가득한 서가 앞에서 마음은 풍요롭다.

4

늙은 샤먼들에 의해 쓰인 책. 탄탄한 가죽의 질감이 느껴지는 새하얀 표지와 선홍색 면지, 정갈한 가름끈과 함께 장정된 이백 페이지 남짓한 한 권의 책. 빛이 거의 들지 않는 건조한 헌책방의 서가에서 선택받지 못한 채 오랫동안 묵혀 있었던 건지, 출간된 지 이미 수십 년이나 지났다는 사실을 고려하면 꽤 양호한 정도로 낡아 있다. 서가가 낡았다 보니 오히려 책은 깨끗하다는 느낌. 본문의 종이도 가장자리만 살짝 빛이 바래 있다. 나는 손안에 부드럽게 감기는 책등을 잘 받쳐 들고 책의 초반부에 파묻혀 있던 가름끈을 꺼내 가볍게 털어낸다.

이 책은 책에 대한 작은 죽음으로부터 나를 구해낸 책이다. 저자는 일곱 번의 밤에 걸친 기나긴 강연 끝에 자신의 상처와 그 원형에 대해 수많은 독자들을 설득해냈고, 복잡한 언어의 미로 속에서 사물의 실체를 보는 법을 잊어버렸고,

노년엔 시력을 완전히 잃어버렸고, 수십 년을 근무한 일터에서 갑작스레 해고되었다. 그를 읽고 난 뒤 나는 내가 누구인지, 앞으로 무얼 위해 살아야 할지에 대한 막연한 불안과 고민을 모두 떨쳐버릴 수 있게 되었고, 다시 현재에 몰입할 수 있게 되었고, 다시 순수한 즐거움을 얻기 위해 책을 읽을 수 있게 되었다. 십대 시절 도서관에서 빌려 온 쿰쿰한 곰팡내가 나는 책들에 코를 쳐박고 읽던 때의 마음으로. 집어든 한 권의 책을 제대로 읽어냈는지, 얼마 만에 완독했는지, 읽고 나서 뭘 느끼고 깨달았는지는 더 이상 중요하지 않았다. 그저 나비 한 마리의 날갯짓에 이끌려 길을 잃어버린 소년이 된 것처럼, 눈앞의 문장을 더듬고 다음 페이지를 넘기는 일만이 중요했다.

드디어 나는 손에 잡히는 대로 아무렇게나 책을 읽을 수 있게 되었다. 제목의 자음순이나 장르별로 서가를 정리해두지 않아도 편안히 쉴 수 있게 되었다. 책도 사람도 언제나 같은 자리에서 같은 마음으로 나를 기다리는 건 아니라는 사실을 깨달았기 때문이다. 책도 사람도, 오직 펼쳐지는 순간만이 중요하기 때문이다.

포르투갈어로 적힌 책 제목을 한참 동안 바라본다. 오돌

토돌한 흰 바탕에 피처럼 붉은 이탤릭체 글씨로 인쇄된 알파벳 열한 개가 나의 손목과 왼쪽 눈 언저리에 지렁이만 한 크기로 새겨진다. 아름다운 책장과 북엔드를 갖고 싶다는 욕심은 여전하지만, 책들 간의 질서나 깨끗한 책에 대한 강박은 사라졌다. 높은 습도와 화재만 주의한다면 아무래도 좋다. 빛이 바래서 표지의 색이 다 날아가버려도 좋다. 실제로 내가 아는 것에 비해 너무 많은 책을 보유하고 있는 게 아닌가 하는 느낌은 있다. 하지만 책 속에서 기꺼이 길을 잃을 줄 아는 사람이 되기 위해서라면 이 정도는 보유하고 있는 편이 좋겠다는 생각도 있다.

순 제멋대로 뒤죽박죽인 문장들, 불친절한 서술로 인해 중도에 하차하게 되는 책들도 나는 사랑한다. 어떤 책이든 읽고 난 뒤에는 대개 어렴풋한 느낌들만 남고 구체적인 내용은 금세 잊어버리게 될 테니까. 독서라는 건 서사의 경험이라기보다는 순전히 마음에 파문과 지진을 일으키기 위한 거니까. 난데없는 도끼나 번개 같은 거니까. 한 권의 책을 세 번 이상 재독하는 사람들만이 견지할 수 있는 태도가 있다고 생각한다. 독서를 통해 미시감이나 자각몽을 즐길 줄 아는 사람들, 곧 범람할 것이 틀림없는 강가를 태연하게 걸어

다닐 수 있는 사람들.

　나는 영원할 수 없으나 책 속에 갈피된 어떤 나는 영원
하다.

5

새순을 틔우는 법을 잊어버린 것 같다. 잎을 다 떨군 채 겨우내 움츠린, 생장이 멈춰버린 식물처럼 살아가고 있다. 뿌리가 얼어붙고 땅이 메말라 굳어가고 있다는 느낌. 정말로 분갈이가 필요한 건 바로 나일지도 모른다.

6

어떤 날에는 내 서가의 책들이 다 황량한 공동묘지에 갇힌 무덤들 같다. 이미 오래전에 죽은 사람들의 문장들…….

나는 글자가 빼곡한 무덤들 사이에 갇혀 이리저리 헤매는 사람이 된다. 이 사람 저 사람이 울고 간 자리에 떨어진 눈물자국 같은 단어들을 좇는다. 그것만이 사람을, 내가 사는 현실과 현실의 모순을 충분히 이해할 수 있도록 돕는다. 멀리 가보지 않고도 지평을 넓혀준다. 목소리를 잃어버린, 영원히 닿을 수 없는 어떤 시간 속의 편지들, 손길들. 나는 뜻 모를 슬픔을 삼킨 뒤 해지고 구겨진 지도를 펼쳐든다. 이렇다 할 나침반도 손전등도 하나 없이.

7

모아둔 시집을 다 처분하고 돌아가는 길에 인사동길의 어느 가게 앞에 멈춰 선다.

단어 하나가 도무지 생각이 나질 않아서 한참을 서성인다.

단어 하나가.

내가 좋아하는 시들은 참 이상하다. (여기에 일일이 나열하지는 않을 것이다.) 극지의 얼음처럼 단단하면서 나비처럼 유연하다. 양방향으로 팽팽하게 소용돌이친다. 단어와 단어 사이에 버려져 고아가 된 기억들이 춤을 춘다.

단어가 감정이 될 때마다 나는 현기증이 난다. 두 개의 단어가 만나 하나의 순간이 될 때 나는 전생의 날씨를 현실로 데리고 올 수 있다. 세 개의 단어가 만나 하나의 문장이 될 때 나는 내가 원하는 새 인간의 모습으로 다시 태어날 수 있다. 동물도 인간도 복제하고 있는 마당에 어차피 똑같은 단어는 하나도 없다. 모든 말은 말해질 때마다 다시 태어나므로. 똑같이 사랑한다고 말해도 그건 하나도 똑같지 않다.

그런데 참 이상하지. 한 마디 말 없이도 우리가 사랑을 시작할 수 있다는 게, 갑자기 눈이 멀어버린다는 게.

눈인사를 건넸을 때 제일 먼저 떠오른 단어가 지난주에 알게 된 야생화의 이름인 사람과는 정말로 단숨에 사랑에 빠질 수도 있을 것만 같다. 푸른 섬광이 나를 가르고 지나가고, 급하게 차가운 아이스크림을 삼킨 것처럼 나는 자꾸 현기증이 난다.

놀랍게도 돌고래들은 마치 사람의 언어처럼 단어와 문장을 사용해 서로 말을 주고받는다.

8

책을 읽는 장소와 자세들. 책상 앞, 침대 위, 벽 모퉁이, 창밖에 녹음이 가득한 도서관 열람실, 낙엽이 뒹구는 공원 벤치, 커다란 버드나무 그늘 아래, 무궁화가 가득한 인적 드문 정원의 팔각정, 비행기 안, 버스와 지하철, 넓은 카페의 구석진 자리, 연인의 맞은편이나 가끔은 그의 따뜻한 등허리……. 책에 완전히 몰입하고 나면 장소는 소거되기 마련인데, 읽는 자세에 따라 독서는 낯설어지고 새로워진다. 어느한 권의 책에 정확히 맞아떨어지는 장소와 자세 같은 게 있을까? 만약 있다면 그건 매우 개인적인 경험에서 비롯할 것이다.

방금 읽던 책을 대충 갈무리해 책상이나 바닥에 아무렇게나 쌓아둔다. 매일 반복된다. 지나고 보면 주변에 쌓인 책들의 자취가 마치 시간의 지느러미를 표현한 설치 미술 작품처럼 보인다.

대부분의 독서를 침대에 누워서 하거나 야외 어딘가에서 한다. 적막을 원할 때에는 침대에서, 자연스러운 소음을 원할 때에는 야외에서. 책을 읽는 장소가 소거되고, 몰입이 깨지면 다시 장소가 나타나는 전환의 즐거움. 먼 것과 가까운 것 사이를 오가며 초점을 맞추는 것과 비슷한 감각이다.

내가 읽는 모든 책은 결국 한 권의 책이다. 순서나 흐름에 관계없이. 읽으면 읽을수록 나는 가벼워진다.

포개진 책들의 웜 홀, 평면의 종이 너머 새로운 차원을 향해.

나는 너를 나보다 더 깊이 읽고 싶다.

나는 너를 나보다 더.

너는 나를.

완벽에 가까운 몰입에 빠진 나, 그래서 앞선 모든 나 자신을 아우르는 나, 그래서 내가 나임을 잃어버린 나.

바다를 나는 법을 잃어버린 외딴 섬의 길 잃은 한 마리 새.

9

깨끗이 맑은 날. 경복궁 바로 옆, 작업실 맞은편의 정부청
사 별관을 재건축한다고 낡은 건물을 허문 뒤 수년째 아직
공사 중이다. 지하층을 깊이 파내느라 오래 걸리는 듯하다.
내년이면 드디어 완공될 거라고 한다. 새 건물이 다 올라오
고 나면 아마 작업실 창밖 풍경을 다 가릴 것이다. 북악산의
능선, 효자로의 커다란 플라타너스와 은행나무뿐만 아니라
경복궁 담벼락 너머로 보이는 아주 오래된 나무들까지. 서
촌 골목 이곳저곳에서 동시다발적으로 낡은 건물들을 부수
고 있다. 서촌 일부 지역은 산과 궁의 경관에 따라 이십 미터
의 고도 제한이 걸려 있었는데, 최근 청와대가 이전하고 난
뒤 무려 사십칠 년 만에 이십사 미터로 완화되었다고 한다.
더 높은 새 건물이 옛 건물의 자리를 대체한다. 이제 불과 몇
년 뒤면 풍경이 많이 바뀔지도 모른다. 어쩔 수 없는 흐름일
까. 이상하다. 기시감도 미시감도 아닌 기묘한 느낌이 든다.

오늘의 내가 앞으로 다신 없을지도 모를 오늘 이 순간을, 언젠가 반드시 그리워하게 될 참 아름다운 시절을 보내고 있구나 하는 그런……. 시간이란 게 다 허구 같다. 그리워할 그날에도 내가 있고 그날의 내가 그리워할 오늘에도 내가 있다. 지금 내가 할 수 있는 건 그저 이 동네를 더 많이 걸어다니는 일뿐이다. 걷고 느끼고 호흡하고, 차례대로 밀려나는 순간들을 착실히 떠나보낸다.

10

기억의 또 다른 이름은 무덤이다. 그것이 어디론가 파묻히고 안치되기 때문에. 그러니 잘만 묻어둔다면, 다시 파내고 끄집어내지 않는다면, 그곳에 영원히 고요한 안식이 있으리라.

11

모니터 앞에 앉아 백지를 띄운다. 잠겨 있던 의식이 풀려
난다. *깼어?* 수화기 너머 녹음된 목소리를 듣는 것처럼 생경
한 내 목소리, 그리고 긴장감 있는 심장 소리. 나는 들으려고
한다. 말하려고 한다. 내가 모르는 감정들이 하나둘 모습을
드러내기 시작한다. 평화로운 호숫가나 공원에서 하던 것과
는 조금 다른 관찰과 사색의 시간. 나 자신이 그대로 반사되
어 보일 만큼 깨끗한 백지. 시간을 얼려놓은 것처럼 고요한
순간들, 환상들. 풀벌레들이 기어다니는 소리, 길고양이가
눈동자를 움직이는 소리가 들린다. *깼구나.* 이윽고 그것들
이 뒤섞여 서로 구분되지 않는 몰입의 순간이 찾아온다. 아
무것도 써낼 수 없더라도 좋다. 나는 나를 끌어안는 투명한
침묵과 눈을 맞추려고 애를 쓴다. 들으려고 한다. 말하려고
한다. 무의식이 비추는 거울 속의 거울들. *보여?* 내가 바라
보는 타인의 모습들이 실은 다 나 자신의 일부이자 반성이

라는 사실. 거실에서 꿈쩍도 하지 않는 기다란 전신 거울이

내가 입술을 떼기만을 기다리고 있다.

12

    이름만 보고도 주저없이 신간을 구입할 수 있는 작가가 생긴다는 건 참 즐겁고 설레는 일이다. 기다리는 다음 책이 생기기 때문이다. 표지나 본문을 제대로 보지 않고도, 심지어 가격도 따지지 않고 일단 구입부터 하고 본다. 책의 물성은 아무래도 좋다. 책이 무슨 한정판이라서 곧장 품절될 일도 없을 텐데 내가 기다리는 작가의 책이라면 출간되자마자 얼른 서점으로 달려가 사고 싶어진다. 초판 1쇄를 예약 주문하는 기쁨. 수중에 넣었으니 언제든지 읽고 또 읽을 수 있다는 사실만으로 뿌듯해지는 마음. 오래오래 아껴 읽고 싶은 마음. 한 작가가 수년에 걸쳐 책 한 권을 집필하는 경우가 보통이니까, 믿고 신간을 사는 작가가 여럿이 되면 어느새 일년 내내 그들의 출간을 기다리고 있는 나 자신을 발견할 수 있다. 지금도 지난 겨울부터 애타게 기다리는 중인 책이 있다. 출판사 직원인 지인을 통해 전해들은 소식으로는 올봄에 나온다고 했던 것 같은데 벌써 오월이 다 지났다. 작년에 이미 문예지에 연재되어 완결이 난 소설이지만, 단행본으로 읽는 건 또 다를 것이므로 출간이 몹시 기다려진다.

13

인터넷에서 헌책을 뒤지는 데 종종 시간을 쏟는다. 나에겐 일종의 탐험 같은 일이다. 아무한테나 알려주지 않는 비밀인데, 헌책방 통합검색 플랫폼인 '북아일랜드(http://bookisland.co.kr/)'를 이용하면 정말로 없는 책 말고는 거의 다 찾을 수 있다. 이미 오래전에 절판되어 구하기 어려운 책들도 전국의 어느 헌책방에는 적어도 한 권쯤 가지고 있기 마련이므로. 내가 찾는 책이 예전에 절판되었다는 사실을 알고 나면 괜히 오기가 생겨 더 가지고 싶어진다. 더 소중히 읽게 된다. 그렇게 어렵게 찾아 구입하게 된 책들이 꽤 있다. 민음사에서 출간된 장 보드리야르의 《사라짐에 대하여》, 일다에서 괄호 시리즈로 출간된 라이너 마리아 릴케의 《두이노 비가》, 그리고 미즈노 루리코의 《헨젤과 그레텔의 섬》 초판본(얼마 전에 개정판이 출간되었다.), 열화당에서 출간된 케네스 클라크의 《누드의 미술사》, 현대문학에서 출간된 보르

헤스의 강연록 《칠일 밤》, B612에서 출간된 나리만 스카코브의 《타르코프스키의 영화: 시간과 공간의 미로》, 슈타이들Steidl에서 출간된 오래된 작품집 《이사무 노구치: 조각가의 세계》 등……. 친구에게 빌려줬다가 아직 돌려받지 못한 책들도 좀 있다. 대부분의 절판본이 원래 정가보다 적게는 몇천 원에서 많게는 몇만 원이나 프리미엄이 붙어 판매되고 있고, 기적적으로 복간되지 않는 이상 시간이 지날수록 책값은 더 비싸지기도 한다. 책이 무슨 한정판 신발이나 명품 가방 같은 것도 아니고, 절판된 헌책에 관심이 있는 사람은 극소수겠지만 말이다. 세상에서 사라질 뻔했던 텍스트를 찾아 읽는 일. 본문의 종이 빛깔이 노랗게 바랜, 오래되었으나 촌스럽지는 않은 디자인의, 때묻은 표지가 이미 너덜너덜한 책을 서가에 하나씩 꽂아두는 일. 나만의 오래된 취미 중 하나이다.

14

내 첫 번째 책이 세상에 나온 지 어느덧 십 년쯤 되었다. 믿기진 않는데 아직도 어디선가 팔리고 읽히는 중이다. 다행인 동시에 부끄러운 마음도 든다. 충동적으로 그냥 다 절판시켜버릴까 하는 생각도 가끔 들었지만, 당장 절판한다고 해도 이미 세상에 풀려 서가에 꽂혀 있을 책들이 꽤 많기 때문에 어차피 하나 마나다. 이제 와서 굳이 절판하는 게 무슨 의미가 있나 싶기도 하다. 십 년쯤 되니 표지에 내 이름이 붙은 책을 이것저것 다 합하면 열 종이 넘는다. 뭐 이리 많지? 뭐 하나 제대로 잘 쓰지도 못하면서. 조금 뿌듯하고 많이 창피하다. 나를 아는 친구들은 벌써 책을 열 권도 넘게 낸 거냐고, 정말 부지런하고 대단하다고 말한다. 정말 그런가? 이게 대단한 게 맞나? 무슨 마음인지는 알기에 고마움을 느끼지만, 솔직한 마음으론 나는 스스로를 그렇게 여겨본 적이 없다. 원고 작업 중에는 거기에 완전히 몰입하기 때문에 굳이 먼저 판단하려 들지 않고 일단 끝까지 최선을 다해 쓰지만, 다 매듭짓고 나서 한 권의 책으로 출간되고 나면 다시 꺼내보는 일은 잘 없다. 별로 들추고 싶지 않아진다. 일부러 외면하기도 한다. 사람들을 만나 내 책 이야기가 나오면 이상하게 얼어붙는다. 회로가 고장난 것처럼 말을 잃는다. 왜 그렇게까지? 뒤를 돌아보고 싶지 않아서인 것도 맞지만, 이유를 막론하고 내가 쓴 글은 역시 후지고 구리다는 생각이 앞서기 때문인 것 같다. 한참 쓰고 있을 때에는 잘 몰랐을 뿐더러, 쓰고 난 직후엔 심지어 꽤 마음에 든 적도 많았는데 말이다. 원고가 책이 되고 나면 그제서야 끔찍하다. 나 고작 이따위 결과물밖에 내놓지 못하다니, 이게 정말 나의 최선인가, 이토록 형편없는 결과물이라니! 한 편의 원고 작업에 쏟은 시간을 엉터리로 허비해버린 건 아닐까 하는 자괴감에 휩싸이기도 한다. 그건 정말 고통스럽다. 스스로 너무 엄격한 걸까? 이게 정말로 최선은 아닐지도 모른다는 걸 내 안의 나는 알고 있기 때문에 그런 걸까? 뒤를 돌아보려고 하면 늘 괴로웠던 것 같다. 얼른 잊어버리고 싶었다. 모른 척하고 계속 노만 젓고 싶었다. 앞으로만 나아가면서 지나간 것들로부터 멀리멀리 도망치고 싶었다. 하지만 내가 먼저 나를 인정해주지 않으면 누가 나를 인정해줄까. 내가 나를 다독여주지 않으면 누가 나를 다독여줄까. 요즘에는 그나마 스스로 마음에 드는 구석을 발견해보려고 노력한다. 도망치기만 해서는 아무것도 해결되지 않으니까. 칭찬에 충분히 고마워하고, 내가 나 자신을 조금 더 응원해줘야겠다는 다짐을 한다.

수년 전 한겨울의 시베리아 설원을 다녀온 뒤 장장 오 년에 걸쳐 작업한 원고가 우여곡절 끝에 책으로 출간돼 빛을 보게 되었다. 책 제목은 《겨울 데자뷔》. 여행을 떠나기 한참 전부터 나는 시간이라는 추상에 심취해 있었고, 조금이라도 연관성이 있는 책이라면 닥치는 대로 찾아 읽었다. 물리학이든 인문학이든, 시든 소설이든. 알버트 아인슈타인Albert Einstein의 상대성 이론을 보다 쉽게 이해할 수 있도록 설명해주는 교육 방송 다큐멘터리는 열 번도 더 돌려보았다. 족쇄처럼 시간에 붙들려 살아가고 있지만, 곰곰이 생각해보면 도대체 시간이란 게 뭔지 제대로 이해할 수 없다는 사실이 이상하게 느껴졌다. 알면 알수록 파고들면 파고들수록 아무것도 모르는 것과 별반 다르지 않았다.

광활한 툰드라 지대와 거대한 얼음 호수 위에 서서, 황량한 설원을 달리는 시베리아 횡단열차를 타고 일백 시간 가까이 이동하면서, 타임라인timeline 을 거슬러 기억을 플래시 백flashback 하듯이 지구의 자전 반대 방향으로 여행하면서, 시간 밖으로 이탈하는 듯한 감각을 느꼈다. 시제가 존재하지 않는 겨울 속에 들어와 있는 것처럼 모든 순간이 신비로웠다. 그곳에서 시간은 절대 좌표에 고정되어 있는 투명한 바위 덩어리 같았다. 열차의 은빛 어둠 속에서 바라본 세계는 과거와 현재와 미래가 모두 하나로 연결된 것처럼 보였다. 나는 언제나 시간으로부터 풀려나고 싶었다. 시간이라는 관념으로부터, 보이지 않는 세계를 움직이는 어느 한 축으로부터. 그건 방향 감각을 상실하는 것과는 조금 다른 경험일 것이다.

이제는 삶과 죽음이 양극으로 분리되어 멀리 있는 게 아니라는 생각이 든다. 몸도 마음도, 나도 타인도. 처음과 끝은 하나로 연결되어 있다. 세발자전거에 올라탄 다섯 살의 나와 치바현의 시라사토 해변가를 느릿느릿 거니는 여든 살의 나는 이미 중첩된 서로를 직감적으로 인식하고 있다. 어쩌면 이해하고 있다. (여기서 장소와 나이는 중요하지 않다. 우리의 연결과 이해는 시간 차원의 바깥에만 존재한다.) 그렇지 않고서는 어떤 것도 존재할 수 없지 않을까. 아니면 어떤 것도 독립적으로는 존재할 수 없는 건지도 모르고. 하나를 제거하면, 전체는 무너질 수밖에 없으므로. *하나만 제거하면, 전체는 무너지므로.*

서른다섯 살의 내가 투명한 바위 덩어리를 바라보고 있다. 하지만 그건 내가 아니다. 진짜 나라고 말할 수 있는 건 시간 축 위에 없다. 그게 다 무수한 환상들 중 하나일 뿐이다. 만약 이게 다 꿈이라면, 지금 당장 깨고 싶지는 않다.

16

딱 일 년 전에 읽었던 클라리시 리스펙토르Clarice Lispector
를 다시 읽고 있다. 읽는 도중에도 이건 꼭 재독해야겠다고
생각했던 책이다. 자아도 경계도 없는 발화이자 고대의 주
문 같은, 모든 전생을 동시에 같은 자리로 불러내는 강령술
같은 말들의 흐름. 그리고 책의 말미에는 천곡황금박쥐동굴
의 7월 11일 입장권이 꽂혀 있다. 동해시에 있는 천연 동굴
의 이름이다. 그런 게 있는지도 몰랐는데 이 책을 읽을 당시
의 여행에서 숙소로 묵었던 관광호텔 근처에 있다길래 가봤
다. 다녀오고 나서는 언젠가 꼭 재방문해야겠다고 생각했던
곳이다. 입장권을 보니 잊고 있던 지하 동굴 깊은 틈의 서늘
한 축축함이 되살아나는 듯하다. 일단 한 번 잊힌 기억은 다
전생에 속한다. 여름이 다 가기 전에 어디라도 좀 다녀와야
겠다. 그곳에 있을 또 다른 전생을 만나러.

4

함께인 혼자와
혼자인 함께

1

누군가는 타인은 지옥이라 말하고, 또 누군가는 타인만
이 우리를 구원한다고 말한다. 한 사람 한 사람과의 관계를
들여다보면 지옥이 보이기도 하고, 인류 전체를 바라보면
구원과 희망이 보이기도 하는 걸까……. 내가 타인을 바라보
듯이 타인이 나를 바라본다는 사실은 끔찍하고도 아름답다.

2

어제는 한파 경보가 발효되었다. 살을 에는 듯한 혹한의 바람을 뚫고 광화문 시네큐브에서 고레에다 히로카즈의 영화 〈괴물怪物〉을 봤다. 상영관을 나와 집으로 돌아가는 길에 이상하게 자꾸만 걸음이 멈춰졌다. 멈추려고 멈춘 게 아니라 그냥 멈춰졌다. 내 발목을 붙잡는 뭔가에 의해. 발아래 시간의 틈새가 벌어져 있는 것처럼, 몇 번이고. 그때마다 소년의 목소리가 들려왔다. 怪物はだれだ?(괴물은 누구게?) 사카모토 류이치의 음악은 영화 내내 선연하게 빛을 발한다. 그의 열다섯 번째 정규 음반이자 유작 음반인 〈12〉의 수록곡 '20220207', '20220302', 그리고 2009년 음반 〈Out of Noise〉의 수록곡 'ひばり Hibari' 종달새라는 뜻이다. 스크린 밖으로까지 퍼지는 맑은 햇살과 사운드트랙이 너무 아름다워서 마치 새들이 함께 있는 듯한 느낌이 들었다. 영화 말미에는 *사카모토 류이치를 기억하며……*라는 문구가 올라온

다. '~를 기억하며'라는 말은 늘 마음 한구석을 뻐근해지게 만든다. 지금 곁에 없는 누군가를 위해 시간을 쏟고 뭔가를 매듭짓는 일은 틀림없이 사랑일 것이기 때문에. 엔딩 크레디트가 올라가는 동안 흐르는 음악에 집중하기 위해 눈을 감고 있었다. 온종일 *괴물은 누구게?* 놀이가 머릿속을 맴돈다. 어쩌면 괴물은 바로 나 자신일지도 모른다고, 영화를 보고 나온 누구나 한 번쯤 생각하지 않았을까? 각본을 쓴 사카모토 유지는 칸 영화제 각본상 수상 소감에서 *단 한 명의 외로운 사람을 위해 썼다.* 라고 말했다. 단 한 명의 외로운 사람을 위해서라니, 그건 결국 *모두를 위해 썼다.* 와 같은 말이 아닌가. 그래서 나는 '괴물'이 우리가 흔히 떠올리는 부정적인 이미지의 '괴물'이 아닐 거라고 생각했다. 그저 '외로운 사람'의 은유로 다가왔다. 그것은 우리 모두의 마음에 존재한다. 남겨진 사람은 누구나 외롭다.

3

칠천 원짜리 콩국수를 먹다가 대뜸 너는 당최 속이 안 보이는 사람 같다는 말을 들었다. "아니, 콩국수 먹다가 갑자기 무슨 소리야. 속이 안 보인다니?" 하고 생경한 이야기라는 듯 되물었지만, 돌이켜보면 이미 십수 년 전에 비슷하게 들었던 말이다. 속이라니, 그건 어떻게 보이는 거지. "내가 겉과 속이 같아서 그래." 하고 퉁명스레 답하며 슬쩍 웃어넘겼다. 실은 나도 어렴풋이 알고 있다. 안이 들여다보일 듯 말 듯한 간유리 같은 게 울타리처럼 세워져 있다는 걸. 내가 보기에도 나는 좀 그런 구석이 있는 듯하다. 함께 시간을 보내다 보면 누구와도 얼마간 가까워지고 친밀해질 순 있지만, 깊은 속내를 보여주는 건 어렵게만 느껴진다. 안 보여주려고 그러는 게 아니라 그냥 그걸 내보인다는 게 낯설고 어렵다. 알 것 같으면서도 잘 모르겠다. 반대로 친구의 속마음을 알게 되는 건 좋은데 말이다. 좋아하는 사람이라면 기꺼이 그의 속마음을 들여다보고 싶어진다. 언제나 진심이 된다. 귀를 기울이다 보면 마음에서 마음으로 뭔가가 건너갈 수 있음을 느낀다. 그런데 왜 내 속을 보여주는 건 이리도 어렵지? 왜 안 보이는 거지? 일부러 감추려고 한 적도 없는데 말이다.

4

섬과 호수가 있는 쪽으로 늘 발길이 이끌린다. 낯선 지역
을 여행할 때마다 그곳의 섬과 호수를 찾아가는데, 왜인지
모르게 전생에라도 온 것처럼 익숙해서 마음이 편안해진다.
그동안 내가 만난 섬과 호수들이 하나로 포개져 눈앞에 나
타난다.

고립된 땅, 고립된 물—바라보는 나, 보여지는 나.

그림자와 페르소나.

내가 나라고 믿는 나는 (실은 나의 일부이지만) 나 아닌 것
으로 여겨지는 것들을 배척한다. 경계를 만드는 나의 그림
자들로 인해 오롯한 나는 계속 고립된다.

거울은 거울이다. 그림자는 투사되지 않는다.

울긋불긋한 낙엽이 잔뜩 깔린 너도밤나무숲을 지난다.
섬 전체가 훤히 내려다보이는 산봉우리에 올라 고장난 시디
플레이어를 듣는다. 라일 메이스Lyle Mays의 솔로 연주 음반

이다. 위잉— 위이잉— 멀쩡한 시디가 트랙 위를 연거푸 헛도는 소리가 난다.

나는 계속해서 섬과 호수가 있는 곳으로 향한다. 자전거를 타고 십일월의 장대비가 쏟아지는 숲속을 내달린다. (그림자는 자전거를 따라오지 못한다.) 호숫가를 크게 한 바퀴 돌아 푸른 깃발이 게양된 어느 오두막 카페로 들어간다. 향긋한 홈메이드 브라우니와 진하게 내린 커피 한 잔을 마신다. 창밖의 노인이 커다란 전지 가위를 들고 호숫가를 배경으로 하는 오목한 정원을 느릿느릿 손질하고 있다. 어디선가 희미한 휘파람 소리가 들려온다. 노인의 어깨 너머로 거무스름한 새 떼가 힘차게 날아오른다. (그때 그걸 지켜보던 나와 지금 이걸 쓰고 있는 나는 서로 포개져 연결되어 있다.) 그리고 계속해서 라일 메이스의 재즈 피아노가 흐른다. 멀쩡한 시디가 트랙 위를 여전히 헛돌고 있음에도.

섬과 호수는 오히려 나를 고립으로부터 해방시킨다. 울타리를 없애버린다. 테두리를 지워버린다. 그림자와 페르소나가 진흙처럼 뒤섞인다. 바라보는 나와 보여지는 나는 그곳에서 하나가 된다.

5

가까워지고 싶은 만큼 멀어지고 싶어. 결국엔 다시 멀어질 것이기 때문에, 그것이 두렵기 때문에. 애초에 가까워지지 않으면 아무런 일도 없을 텐데. 마음의 거리가 가까우면 가까울수록 아주 조금만 멀어져도 그 차이가 크게 느껴질 수밖에. 끝없이 가까워질수록 두려움은 끝없이 커져. 그것이 비록 환상일지라도.

다들 왜 혼자가 편할까? 나는 왜 혼자가 편할까? 정말로 혼자가 편해서? 아니면 다치기 싫어서? 또다시 누군가를 사랑할 준비가 아직 안 되었기 때문에? 한때 너무나도 사랑했기 때문에? 이제는 먼저 좀 다가와 줄래. 아무래도 난 어렵겠어. 가시를 숨기고 사느라 다들 버거운 것 같아. 어떤 날에는 그게 병적이기까지 해. 그냥 좀 서로 찔리고 찔리면 어때. 마음껏 걷고 뛰다 보면 여기저기 긁히고 피도 좀 나고 할 수 있는 거지. 누가 날 찌르는 것보다 내가 누군갈 찌르는 게 더 두렵기 때문일까? 우린 다시 가까워질 수 있을까? 그런데 말야, 굳이 가까워질 필요 있을까?

6

무주에서 출발해 금산 톨게이트를 빠져나와 들어선 심야의 외딴 국도는 칠흑처럼 캄캄했다. 오르막길인지 내리막길인지도 잘 보이지 않았다. 주변이 탁 트여 있는데도 마치 미로 속에 들어와 있는 것 같았다.

어느새 새벽이슬이 맺혔다. 차창을 내리자 물기 어린 기분 좋은 바람이 안으로 쏟아져 들어왔다. 어디선가 비릿한 시냇물이 흐르고 있는 게 틀림없었다. 도롯가의 무성한 수풀 속에서 수백 수천 마리의 개구리가 한꺼번에 울었다. 우리는 작게 탄성을 내뱉었다. 나는 언젠가 소설 《무진기행》에서 읽었던 개구리 울음소리에 대한 묘사를 떠올렸다. ('마치 수많은 비단조개 껍데기를 한꺼번에 맞비빌 때 나는 듯한 소리'가 화자의 감각 속에서 무수히 반짝이는 별들로 전환된다.) 문득 영원히 잊을 수 없을 것만 같은 순간을 마주할 때마다 우리는 약속이라도 한 것처럼 말없이 서로를 잠시 내버려뒀다. 어색하지 않은 침묵. 우리는 이미 멀어졌지만, 시간이 흐른 뒤에도 그 기억은 오롯이 진실되다. 그런 순간들이야말로 마음에 갈피되어 오래도록 썩지 않고 남아 있게 되는 것이다.

야트막한 산자락 아래로 굽이치는 금강錦江을 왼편에 끼고 좁은 도로를 따라 한참을 달렸다. 시골 축사의 퀴퀴한 소똥 냄새가 났다. 철문이 굳게 닫혀 있는 '강변교회'를 지나 '금산청소년수련원' 방향으로 들어서자 가로등의 간격이 듬성듬성 벌어졌다. 나중에는 그마저도 아예 꺼져 있었다. 거대한 어둠에 비해 자동차의 헤드라이트는 너무 미약했다. 지적에 있는 사물들만 겨우 식별이 가능할 만큼의 시야에 의지해 안개처럼 더듬더듬 나아갔다. 길이 아닐지도 모르는 길로 계속 들어갔다.

희끄무레한 달빛이 비치는 조용한 공터에 도착해 모래바람을 일으키며 차를 세웠다. 시동이 꺼지고 나니 돌연 무시무시한 정적이었다. 거기서부터는 주변이 다 반딧불 서식지라서 가로등이 전혀 설치되어 있지 않아 한 치 앞도 보이지 않을 만큼 캄캄했다. 누군가의 심연에 도착한 듯했다. 휴대폰의 밝기를 최저로 낮추어 지도를 확인했다. 플래시는 켜면 안 될 것 같았다. 우리는 뜨거운 손을 꼭 붙잡고 우리 자신의 조심스러운 발자국 소리와 어슴푸레한 윤곽에 의지해 끝을 알 수 없는 심연 속으로 걸어 들어갔다. 담벼락이 없는 미로 속으로. 무거운 어둠 속 나무들의 시선이 우리에게 집중되었다. 강물이 공중에서 오로라처럼 일렁였다. 오, 이건 꿈이야! 라고 혼잣말하는데도 꿈에서 깨지 않았다. 꿈이 아닌가? 모든 게 왜 이렇게 새하얗지?

내 손을 잡고 있던 네가 수많은 비단조개 껍데기를 한꺼번에 맞비빌 때 나는 듯한 찰랑이는 목소리로 입을 열었다.

넌 정말로 너밖에 모르는구나.

우리는 어색한 침묵에 뒤덮였다. 갑자기 울음을 멈추는 개구리들……. 수없이 되풀이되어 온 연극 무대의 스포트라이트 아래서 너는 네 몫으로 주어진 대사를 태연하게 이어 나갔다.

돌아갈 수 있다면 언제로 되돌아갈래?

네 말이 다 끝나기도 전에 다 꺼져 가던 불꽃이 타오르듯이 되살아나는 불안의 감각에 나는 몸서리쳤다. 영원히 멈추지 않을 것 같았던 끔찍한 순간들……. 거짓말! 제발 거짓말은 하지 마. 되감기와 되풀이가 어떻게 다른지 한 번 생각해 봐. 괜찮아, 다 털어놔 봐. 나는 이러지도 저러지도 못한 채 홀로 철썩이는 외딴 호수처럼 스스로를 다독여야 했다. 잊으려고 하면 할수록 생생하게 되살아났다. 언제부턴가 나는 내가 만들어낸 사랑이라는 환상 속의 끝없는 미로를 망연히 헤매고 있었던 것이다.

그거 알아? 믿겠다는 건 선택한다는 거야.

정육면체의내부의정육면체의내부의정육면체의내부의정육면체의내부의정육면체정육면체의내부의정육면체정육면체의내부의정육면체. 헤매는 사이에 시간이 새하얗게 얼어붙은 줄도 모르고…… 모닥불 위로 타오르는 불꽃처럼 반딧불들이 머리 위로 흩날렸다. 그런데 말이지, 넌 아냐? 어차피 다들 자기 자신밖에 모르는 거 아닌가? 이기적이라서가 아니라 우리 모두가 서로 단절된 기나긴 터널 속에 있기 때문에. 저기 저 무성한 수풀 속에서 따로 또 같이 울어대는 천진한 개구리들처럼 말이야.

거짓말쟁이.

우리는 도롯가의 졸음 쉼터에서 아주 잠깐 눈을 붙이고 새벽 세 시쯤 얼굴을 비비며 일어났다. 아침 해가 뜨기 전에 서둘러 초여름의 무주로 되돌아가야 했다. 늦여름의 무주는 아름다운 반딧불을 보기 위해 찾아온 방문객들로 정신없이 붐비고 있을 것이기 때문이다.

　진실된 마음만이 어색한 침묵 속에서 반짝이고 있다. 우리들의 사랑과는 무관하게.

7

몇 해 전 이른 봄 강원도 평창의 선자령 트레킹에서 숲길을 오르다가 만난 야생화가 마음에 오래 남는다. 자그마한 창백한 푸른 꽃, '현호색'이라는 여러해살이풀이다. 팅커벨처럼 생긴 꽃송이가 군데군데 무더기로 모여 피어 있어 갑자기 동화 속 세계에 발을 들인 것 같은 느낌을 주었다. 이상하게 가슴이 울렁거렸다. 어디선가 현호색을 마주하면 누구나 꽃 이름을 궁금해할 거다. 찾아보니 흰색, 자주색, 분홍색, 하늘색, 짙은 파란색, 청자색 등으로 종이 다양한데, 우리나라에 자생하는 종만 해도 무려 이십여 종에 달한다고 한다. 좋아하는 책 제목과 노래 제목으로 '푸른 꽃'이 있는데, 언젠가 같은 제목을 가진 그림을 그려보고 싶다고 생각했다. 제목은 푸른 꽃이지만, 그림은 푸른 색이 아닐 것이다.

8

— 마음이 이끄는 쪽으로 나아가면 된다는 걸 알고 있는데, 그게 어느 쪽인지 잘 모르겠다. 매 순간 길을 잃는다. 내가 걷고 있을 때 거기에 길이라는 게 정말 있기는 한 걸까? 걸음을 가볍게 내딛는 법을 잊어버렸다. 세상엔 갈림길과 이정표가 너무 많은 것 같다. 무수한 가능성들이 검질긴 덩굴처럼 마구 얽혀 있다. "잘할 거야, 이미 잘하고 있잖아."라며 건네는 그 말들이, 그들에겐 정말로 진심일 악의가 없는 그 말들이, 나를 점점 더 끔찍한 미로 속으로 밀어넣고 있다.

— 마음 안에서는 끊임없이 비밀스러운 일들이 벌어지고 있다. 정확히 무슨 일이 벌어지고 있는지는 누구도 모른다. 그런 의미에서 우리는 모두 *은밀한 내면의 생산자*다. 들여다보려고 하면, 그것은 이미 거기에 없다.

— 마음은 정말로 어디에 있을까? 우리 안에? 세계 안에? 혹은 어디에나?

— 변화는 계절처럼 진행된다. 매일매일 시시각각. 예민한 산고양이들조차 그걸 눈치채지 못한다. 시커먼 잿더미에 파묻혀 있던 미세한 불씨가 소리도 없이 살아나듯이, 우주적인 사운드가 서서히 고양되어 차오르듯이, 무심코 던져 넣는 불쏘시개 같은 일상의 작은 실천들이 쌓이고 쌓이면서. 그것은 아주 오랜 시간에 걸쳐 되살아나는 빛들의 꿈틀거림과도 같다.

— 내 마음인데도 때로는 나 자신이 가장 알기 어렵다. 아무리 파고들어도 모르겠다. 자아라는 게 정말 있을까? 적어도 내 마음이 어떤 마음인지는 노력하면 알 수 있어야 하는 거 아닌가? 안다고 해서 반드시 행복할 수는 없겠지만, 적어도 갑갑하지는 않을 텐데. 어떤 대화 속에서는 조금 알 것 같기도 한데, 지나고 나면 또 금세 흩어져버린다. 나만 아는 내 비밀들을 솔직하게 털어놓고 싶다. 들어주는 타인이 없다면 나로서는 아무것도 알 수가 없다. 내

가 어찌할 수 없는 나 자신이 고립된 채로 존재한다는 사실이 나는 제일 두렵다.

— 마음은 안에 있는 것도 밖에 있는 것도 아니면서 의식의 어느 층위를 안개처럼 점유하고 있는 듯하다. 외면할 수도 들여다볼 수도 없도록 말이다.

— 마음은 거기에 있다고 믿어지는 미지의 장소에 나타난다. 하지만 우리에겐 지도가 없다. 이렇다 할 나침반도 손전등도 없다. 열려 있는 마음들이 서로 공명하는 걸 그저 느낄 수 있을 뿐이다. 어느 누구의 것도 아닌, 세계 전체의 부분으로서. 그것은 유일한 무엇이 아니라 하나의 길목이자 징후다. 지금 이 중얼거림은 일종의 수련이고, 순수한 용기의 재료이자 주문이다.

— 순간에 몰입할 때 마음은 유연해진다. 현재형이 아닌 마음은 나와 너무 먼 타인처럼 느껴진다.

— 막다른 길에서 나는 조용히 발걸음을 돌린다. 인적이 드

문 공원으로 향한다. 노랫말이 없는 음악을 듣는다. 따듯한 밥을 지어 먹는다. 씨알이 굵은 딱딱한 복숭아를 깎아 먹는다. 탄저균에 의해 거뭏게 멍이 든 부분을 깨끗이 잘라낸다. 아무도 알아볼 수 없을 그림을 그린다. 기억과 상상을 혼동하지 않는다. 멍이 든 감정을 소중히 대한다. 진심을 곱씹는다. "긍정도 부정도 하지 않는다."라고 썼다가 "마음껏 긍정하고 부정한다."라고 고쳐 쓴다.

— 마음을 움직이는 건 마음, 부분이자 전체로서. 그러니 네 마음을 챙겨. 네 마음부터 챙겨.

9

흐르는 일부이고 싶어. 그 무엇에도 휩쓸려 가긴 싫어. 억지로 하고 싶지 않아. 핑계도 대고 싶지 않아. 자존심을 세우거나 고집부리고 싶지 않아. 누구에게나 유연하고 부드러운 사람이고 싶어. 나 자신에게도. 평생에 걸친 연습들. 무수한 초연初演들. 나는 영원히 회귀하는 나 자신의 찰나로만 존재하고 싶어.

우리는 이미 충분히 자유로운데, 도대체 무엇으로부터 더 자유롭고 싶어 하는 걸까?

10

살다 보면 자꾸 이런저런 욕심이 생기기 마련이고, 어쩔 수 없이 괴로워진다. 욕심을 욕심 그대로 바라보고 제자리에 두는 게 어렵기 때문이다. 지극히 자연스러운 일이다. 하지만 삶은 대개 지금 가지고 있는 것만으로도 충분하다. 더 많이 갖거나 더 많이 벌지 않아도, 누구나 이미 가지고 있는 것들 속에서 행복을 발견할 수 있다. 갖지 못한 것, 내게 없는 것을 좇고 목표로 삼지만, 실은 이미 내 안에 가지고 있기 때문에 욕망이라는 허상으로 발현되는 것이다. 가질 수 없는 것에 욕심내며 괴로워하다가도, 길가의 야생화나 이른 아침 새소리처럼 내가 욕심내지 않아도 그냥 늘 거기에 있는 것들로부터 익숙한 위안을 얻는다. 내가 가진 것, 갖지 못한 것이 아니라 그저 지금 여기, 나의 존재 자체를 긍정하면서. 울타리를 넓히는 것만이 능사는 아니다. 언제나 그런 마음을 품고 살고 싶다.

지나간다, 시간이 아니라 사람이.

지나가는 것은 순간이나 시간 따위가 아니라 사람들이다. 아판타시아A-phantasia의 얼굴들이 내 곁을 지나쳐간다. 그리고 그것의 어떤 총체가 순수한 시간처럼 느껴진다. 모든 *것의 지나감*이라는 관념 자체가.

그 흐릿한 얼굴들을 나는 일일이 떠올릴 수가 없다.

그런데 그 사이에 우리가 서로 연결되었던가? 연결된 적이 있기는 했던가? 참 알다가도 모를 일이다.

언젠가 헤어진 연인의 뜻 모를 마지막 미소나 모두 잠든 한밤중의 조용한 완행열차처럼, 그것은 지나가고 지나가고 또 지나가고…… 나는 모든 *것의 지나감* 앞에서 어느 누구도 기다리지 않는다. 또한 어느 누구도 나를 기다려주지 않고…… 우리는 이미 그것을 수없이 반복해 오느라 진절머리가 난 사람들처럼 무심히 지나가고 지나가고 또 지나간다.

마림바가 섞인 파이프 오르간 소리가 아주 멀리서 낮게 깔려서 온다.

무표정한 눈에서 새싹 같은 눈물이 난다.

언제나 그랬듯이 나는 등을 보이고 싶지 않았다. 돌아보지 않는 뒷모습이 되고 싶지 않았다. 결코 침묵으로 멀어지고 싶지 않았다. 나는 망설임 끝에 결국 보내지 못한 단 한 통의 짤막한 편지와 같이 너의 서랍 속에 남고 싶었다.

무성한 잔가지들의 프랙탈처럼 우리는 갈라지면서 멀어진다. 필연적인 우연의 힘으로. 함께 일렁이는 눈부신 햇살과 그림자들, 부러져 있는 잔가지들. 어떤 광경의 슬픔들이라도 한눈에 담으면 그렇게 아름다울 수가 없다.

그런데 우리가 정말 진심이기는 했던가?

이젠 어렴풋이 알 것 같기도 한데, 나도 당신도 그저 외딴길에서 오늘 처음 만난 두 마리의 산고양이처럼, 혹은 반딧불처럼, 서로의 곁을 무심히 지나가고 있을 뿐이다.

　내가 사랑한, 사랑한다고 말했던 사람에게 내가 정말로 사랑을, 사랑이란 걸 느끼게 해주었는지, 그것이 과연 얼마나 확신에 찬 사랑이었는지, 그 사랑은 이제 다 어디로 사라져버린 건지, 증명할 수 없음에도 불구하고 계속해서 사랑을 말해야만 했던 이유는 무엇이었는지, 아니면 그 사라짐과 실패까지가 다 사랑인 건지. 누군가는 함께이고, 누군가는 혼자가 된다. 우리는 함께이면서 동시에 혼자다. *함께인 혼자와 혼자인 함께.* 사랑은 불완전한 자유와 무한한 자유를 아우른다. 실은 그저 매일 조금 더 나은 사랑이고 사람이면 되는 걸. 그걸로 충분한 걸. 이제는 다 잊어버렸지…… . 사랑은 내가 사랑하는 사람이 나를 사랑하기로 선택하는 순간부터, 그 시작부터 명백히 실패일 수밖에 없다. 그걸 받아들이면 나와 너의 구분은 사라진다. 내가 사랑한 너는 극적인 나 자신의 투영이고 투사이기 때문이다. 나를 사랑한 너 또

한 너 자신의. 너는 다시 너일 수 있을까. 그래도 오늘에서야 확신할 수 있는 건 내가 그동안 누군가를 거짓으로 사랑한 적은 없다는 사실이다.

13

요즘 같은 혹독한 추위에는 그 누구라도 밖으로 나갈 엄두를 내질 못 해. 그러니 출구를 찾지 않아도 돼. 이불 속에서 억지로 나오지 않아도 돼. 십 분만, 딱 십 분만 더. 너 자신의 문고리를 굳게 걸어 잠그고 온종일 난롯불 앞에 있어도 돼. 난 정말 괜찮으니 원한다면 이곳에 며칠 더 머물러도 돼.

혼자인 네가 해야 할 유일한 일은 아무 생각 없이 향긋한 커피를 내리고 따듯한 작두콩차를 우리는 일이야. 흥얼거리는 일이야. 시간의 어긋난 마디마디가 아물어가도록.

그림을 그리고 싶어? 맘대로 해. 수년 전 네가 직접 만든 나무 스툴에 앉아 뭐든 그려 봐. 캔버스는 얼마든지 준비돼 있어. 뭘 그렸는지는 아무도 몰라도 돼. 모든 것은 믹스드 미디어mixed media. 질문에 대답하지 않아도 돼. 다만 최선을 다해야 해. 믿어야 해. 이미 결정되어 있는 운명이란 건 어디에도 없어.

기억은 때때로 사나운 짐승 같아.

그에 비하면 난 오히려 텅 비어 있지. 이토록 텅 비어 있는 상태만이 진실되지. 속삭임, 약속의 말. 영원히 서리 낀 저기 저 커다란 창문 너머 깎아지르는 절벽의 바깥으로…… 나는 뛰어내릴 거야. 맑게 웃어보일 거야.

14

군데군데 연주자들이 결석한 오케스트라 같은 겨울. 서울 전역에 강력한 한파 경보가 발효되었다. 예보에 따르면 올겨울 들어 가장 추운 날씨일 거고 체감 온도가 무려 영하 20도를 웃돌 거라고 한다. 동이 텄는데도 바깥공기가 바짝 얼어 있다.

바이칼 호수와 올혼섬에 갔던 겨울을 기억한다. 모든 것이 단호하게 얼어붙어 있던 그곳. 그로부터 수년이 지났지만, 아직도 그때의 꿈을 꾼다. "아직도 네 꿈을 꿔."라고 고백하는 내레이션을 어디선가 들었던 것 같은데. '아직도'라는 말의 시간성에 대해 생각한다. 비슷한 뜻을 지녔으나 '여전히'에는 없는. *나는 아직도……* 그해 여름으로부터 도망치는 중이다. 너의 그 모호한 미소로부터, 가을을 향해 성큼성큼 걸어가는 냉혹한 뒷모습으로부터.

한겨울 행군에 나서는 사람처럼 옷을 다섯 겹이나 껴입

는다. 두꺼운 옷을 한두 벌 입는 것보다 얇고 편안한 옷 여러 벌을 레이어드하는 게 좋다. 내 몸이 내 몸이 아닌 것 같은 기분이 들기 때문이다. 길에서는 헐벗은 나무들이 차가운 현악기를 연주하고 있다. 날카로운 바람에 고개를 푹 숙이고 걷는다. 작업실에 도착해 환기를 위해 창문을 열려는데 이중창의 틈새가 다 얼어붙어 좀처럼 열리지 않는다. 양손으로 여러 번 힘을 주니 창과 창 사이를 꽉 쥐고 얼어붙은 서리가 거친 파열음을 내며 바스러진다. 에메랄드빛 얼음 파편을 밟는 소리. 익숙한 겨울 호수의 냄새가 난다. 등유 난로의 세기를 최대로 강하게 틀어도 여덟 평 남짓한 방이 쉽게 훈훈해지지 않을 만큼 날이 춥다. 난로에 무릎을 가까이 붙여 겨우 몸을 녹인다.

아무 생각 없이 바흐를 재생한다. 거리는 더없이 썰렁하다. 여기저기서 동파 소식이 들려온다. 지독한 빙하기가 찾아올 것만 같다. 한파는 잠깐의 외출도 쉽지 않을 만큼 고되지만, 추울수록 겨울 풍경을 어루만지는 빛은 더 따듯하고 깨끗해진다. 여름의 강렬한 햇빛보다는 겨울의 안온한 햇살에 더 마음이 간다. 사람의 온기 또한 추위 속에서 보다 선명해진다.

겨울 속에서도 나는 벌써 겨울이 그립다. 그리고 나는 아직도…… 눈물을 억지로 삼키는 버릇을 고치지 못했다. 어제보다 일찍 해가 진다. 텅 빈 오케스트라 무대가 밤의 뒤꼍으로 사라진다.

15

나 자신에게도 그다지 솔직하지 못한 요즘이다. 어쩌면 나 자신에게 가장 솔직하지 못한 건지도 모른다. 솔직하지 못한 나날들일수록 사람은 쉽게 외로워지고 공허해진다. 내가 만든 허울 안에 고립되어버리니까. 다시 솔직해지기 위해서는 그럴 만한 상대가 필요하다. 나도 아직 다 알지 못하는 내 속마음을 털어놓고 싶다. 찰랑이는 물컵을 엎지르듯이. 그건 사랑이 될까? 그저 외로움일까? 누구라도 사랑할 수 있다면, 누구에게나 사랑받을 수 있을 텐데.

16

마음이란 건 불확실할 수밖에 없고 생각이란 건 불완전할 수밖에 없는데, 만약 누구에게도 이해받을 수 없을 것 같은 절망적인 기분이 든다면 어떻게 해야 할까?

내가 떠올리는 건 말없이 고개를 끄덕이던 너, 희미하게 미소 짓던 너…….

하지만 이해와 공감은 다르지.

우리가 느끼는 무수한 감정들의 흐름에 관해 무슨 말을 더 할 수 있을까? 무슨 말을 해도 허튼짓이 될 텐데. 이해받을 수 없음에 체념한다고 해서 달라지는 게 있을까? 내 감정이 정말로 내 것인지도 나는 모르겠어.

너무 많이 갈구하지 마. 두 걸음만 물러나 줘. 너도 말없이 고개를 끄덕여 봐. 이해받지 못해도 괜찮아. 중요한 건 이해가 아니거든. 이건 포기도 자위도 아니야. 아무래도 상관없다는 마음이, 그것에 대한 확신이, 자기 자신을 긍정하게 만들고, 다시 또 타인을 긍정하게 만들지.

　백 퍼센트란 건 있을 수 없어. 백 퍼센트가 아니라면 무슨 의미가 있냐고? 사랑을 가능케하는 건, 구십구점구구구구구구구구구 퍼센트를 향해 가는 용기뿐이야. 이해보다는 믿음. 이해받을 수 없음에도 불구하고 끝없이 누군가를 이해하려는 노력이 필요해. 그 시간, 그 과정 자체에 잠재돼 있는 거야. 누구나 각자의 세계를 벗어날 수 없고, 하나의 세계는 저마다의 방식으로 견고해. 해체되거나 분석될 수 없어. 그건 참 아름답지. 영원히 포기할 수 없지.

　함부로 단정짓지 않기로 해. 방관하지도 않기로 해. 그저 똑바로 보도록 해. 네가 사랑하는 사람의 세계를, 그 궤도를 돌고 돌아 다시 나 자신의(혹은 내가 없는) 세계를.

5

반복 동작이
몸에 익어가듯이

1

매일 아침 미리 필터로 내려둔 커피를 주문하자마자 스
윽 내어주는 '오늘의 커피'를 좋아한다. 'today's coffee'나
'filter coffee'라는 이름으로 주문하는 그날그날의 브루잉 커
피들. 유럽의 카페들은 대부분 이 메뉴를 제공했던 것 같은
데, 에스프레소 추출 방식의 머신 커피가 중심인 서울의 카
페들에서는 보기가 어려운 듯하다. 스타벅스에 '오늘의 커
피'라는 메뉴가 있긴 한데, 그건 미리 내려놓은 브루잉 커피
라기보다는 그냥 오늘의 커피용 블렌딩 원두를 따로 마련해
놓은 것뿐이다. 나는 아침 일찍 출근을 하는 회사원이 아니
기 때문에 커피를 마실 때 딱히 서두를 이유는 없지만, 어느
카페를 가든 대개 반 시간에서 길면 한 시간 이내로 일어나
는 편이라서 그런지 언제든 부담없이 가볍게 마시고 나올
수 있어서 좋다. 열에 아홉, 아니 백에 구십구는 화이트 커피
보다 블랙 커피를 선택하는 편이기도 하다. 미리 내려놓은

커피라고 해서 맛이 떨어진다고 느낀 적도 거의 없다. 오히려 바로 마실 수 있을 만큼 딱 적당한 온도로 나오기 때문에 더 좋다. 솔직히 머신 커피는 너무 뜨거운 채로 나와서 좀 별로다. 식혀서 마시면 되지만, 바로 맛을 보려다가 혀끝을 데인 적이 한두 번이 아니다. 찬 음식과는 잘 맞지 않아서 한여름이 아니라면 아이스로는 잘 마시지 않는 편이기도 하다. 게다가 오늘의 커피를 취급하는 곳이라면 대부분 하루 이틀 걸러 원두를 바꿔 제공한다는 점, 그리고 기본 커피 메뉴보다 천 원 정도 저렴하다는 점도 마음에 든다. '오늘의'라는 수식어가 붙어서 괜히 더 신선하게 느껴지기도 한다. '오늘의'는 거의 마법의 형용사라고 할 수 있다. 오늘의 커피, 오늘의 음악, 오늘의 단어. 매일매일 새롭게 준비된 뭔가를 만날 수 있을 것만 같다. 이 정도면 하루의 시작을 여는 커피로 오늘의 커피를 선택하지 않을 이유가 없지 않나? 오늘도 자주 찾는 카페에 들러 오늘의 커피를 시켰고, 때마침 오늘의 음악으로 평소 즐겨듣는 카에타누 벨로주Caetano Veloso의 '구구구구구 우는 비둘기야Cucurrucucú Paloma'가 흘러나왔다.

2

일주일에 하루 한 시간씩 연희동으로 농구 레슨을 다니고 있다. 코비 브라이언트Kobe Bryant의 이름을 딴 맘에 쏙 드는 농구화 한 켤레와 막 입기 좋은 운동복을 마련했다. 매번 사만 원씩 레슨비를 낸다. 적지 않은 돈이라 부담이 되긴 했지만, 즐거운 취미 생활을 위해 이 정돈 써도 좋다고 생각했다. 막상 시작하고 보니 돈이 하나도 아깝지 않았다. 한 시대를 풍미했던 만화 《슬램덩크Slamdunk》의 영향으로 나의 중고교 시절에서 농구라는 스포츠는 빼놓을 수가 없다. 만화책을 보면서 수없이 전율이 돋고, 울고 웃고, 친구들과 함께 명대사를 줄줄이 외우고 다닐 정도였으니. 쉬는 시간, 점심시간에는 거의 농구장에 있거나 책상에 엎드려 잤다. 운동 능력이 좋은 편이 아니라서 그런지 아무리 열심히 해도 실력은 별로 늘지 않았지만, 야외 코트 위 풋워크의 기분 좋은 마찰음을 들으며 농구를 하는 일 자체가 주는 행복감이 있었다.

작년 봄쯤 갑자기 오랜만에 농구가 하고 싶어져서 저렴한 공을 아무거나 하나 주문했고, 혼자 가끔 집 근처 야외 코트를 찾아 가볍게 슛이나 좀 던지다 들어오곤 했는데, 어느 날 우연한 계기로 지인들과 모여 함께 픽업 게임을 하고 나서는 이번 기회에 기본기부터 한 번 배워 보고 싶다는 생각이 들었다. 친구가 다니는 센터를 소개받아 등록했고, 첫째 날 레슨을 듣자마자 내가 어렸을 때 한 것은 농구라는 스포츠가 아니라 그저 공놀이에 불과했다는 걸 깨달았다. 농구공을 다루고 드리블을 치고 슛을 던지고 몸싸움을 하는 등의 모든 부분에서 잘못된 습관들로 범벅되어 있었다. 물론 선수가 아닌 내겐 운동은 취미로 즐기는 게 첫 번째이므로 꼭 정도正道가 필요한 건 아니었지만, 무엇보다도 기본기를 배우면서 하니 훨씬 더 즐거웠다. 나보다 열 살 정도 나이가 적은 코치님 앞에서 엉성하게 자세를 취하고 있다 보면 내가 이제 막 농구공을 처음 팅겨 본 초등학생이 된 것 같은 기분이 들었다.

내가 얼마나 엉터리인지 깨닫고 나니 언제든지 모르는 건 모른다고 솔직하게 말할 수 있었다. 그게 너무 좋았다. 그래야 제대로 배울 수 있고, 배워서 나아지면 되니까. 연습한 걸 조금씩 터득하고 스스로 성장을 느끼는 경험이 오랜만이라 짜릿하기까지 했다. 이래서 사람들이 기꺼이 돈을 지불하면서까지 뭘 배우려고 하는구나 싶었다. 단 한 시간의 수업 시간 동안 엄청난 집중력이 발휘되었다. 아무리 몸이 힘든 날이라도 그날은 종일 레슨 시간만 기다려질 만큼. 나보다 나은 사람이 나를 도울 수 있도록, 그리고 그 도움을 받아한 걸음 한 걸음 나아갈 수 있도록 상대에게 의지할 수 있게되니 건강한 에너지가 샘솟았다. 단순히 농구라는 스포츠를 배우는 게 아니라 성장의 기본을 처음부터 다시 배우고 있다는 느낌으로, 뭔가 구체적인 목표를 향해서가 아니라 어제보다 나은 오늘, 오늘보다 나은 내일을 기대하게 되는 마음이 나는 즐겁다. 매일매일 하고 싶지만, 그만큼 오래오래하고 싶기 때문에 무리하지 않으려고 노력한다. 발목을 접질려 다치기라도 하면 두어 달은 쉬어야 하기 때문에.

3

친구와 함께 농구 레슨을 마친 뒤 이온음료를 마시려고 잠깐 편의점에 들렀다가 시간 가는 줄도 모르고 긴 대화를 나눴다. 직접 만든 브랜드를 운영한 지 어느덧 십 년 차에 접어든 그는 이제서야 나아갈 길이 조금 보이는 것 같다고 했다. 여전히 매일 어렵고 불안하지만, 보일 듯 말 듯한 어떤 느낌을 열심히 좇고 있는 중이라고. 나와 비슷하게 다양한 분야에 관심이 많고 뭔가를 한 번 좋아하기 시작하면 끝장을 보는 성격이라, 지금 하는 일에 집중하고 성취하기 위해 좋아하는 다른 많은 것을 포기하면서 해야 했다고, 좋아하는 것을 즐기는 시간은 따로 빼두되 근본적으로는 본업에 집중해 나아가고 싶다고 했다. 머릿속에 가득한 청사진과 아이디어를 줄줄이 풀어놓는 그의 모습이 정말로 행복해보였다. 나는 여전히 내가 뭘 하고 싶은지 어디로 나아가고 싶은지 방향을 잘 모르겠다는 이야길 했다. 어느 것에도 선택과 집중을 하지 못한 채 헤매고 있다고. 좋아하는 것도 하고 싶은 것도 많지만, 그것들을 하나로 엮어줄 중심축을 잡지 못하고 있는 것 같다고. 솔직히 이런 이야기도 이미 수년째 하고 있는 중이라 이젠 스스로도 지겨울 정도라고. 그럼에도 불구하고 아직도 모르겠다고. 그는 조급해할 필요는 없는 것 같다고 말했다. 단숨에 찾든 오래 걸리든, 뭘 잘하든 못하든, 진짜 중요한 건 자신이 뭘 좋아하는지 탐구하면서 거기에 진심과 시간을 쏟아붓는 거라고. 삶과 노동의 가치는 거기서 비롯되는 거 아니겠냐고. 그동안 계속 나는 내가 어떤 새로운 일을 시작할 수 있을지, 그래서 어떤 좋은 결과물을 낼 수 있을지에 대해서만 고민했던 것 같은데, 그의 조언이 내가 잊어버리고 있던 걸 다시금 끄집어내 주었다. 뭔가에 마음이 이끌려 뛰어들게 될 때에는 언제나 자연스러운 흥분과 설렘이 동반되어 왔다는 걸, 그리고 그럴 때마다 어떤 고민도 이유도 필요치 않았다는 걸. 가까운 친구와의 밀도 높은 대화는 내가 지금 필요로 하는 게 뭔지 알게 해준다. 잊고 있던 걸 되찾게 해준다. 속마음을 털어놓다 보면 스스로 깨닫게 된다. 나도 오 년이든 십 년이든 내 진심과 시간을 쏟아부어 보고 싶다. 내가 정말 진심이라면 그것과 나란히 흘러가고 있겠지. 그게 뭐가 될지는 아직 모르지만, 뭐가 될지는 중요하지 않다. 언제부터일지도 모른다. 대단한 뭔가가 아니라도 좋다. 그저 마음이 흐르는 쪽으로 꾸준히 흘러가고 싶다.

4

단순하게 생각하려고 노력한다. 복잡하게 생각할수록 멍청해지는 것 같아서. 아니면 멍청해서 복잡하게 생각하고 있나 싶기도 하다. 단순하고 솔직하게 사는 거, 별것 아닌 것 같은데 제일 어렵다. 거의 불수의적인, 기원을 알 수 없는 무의식에 대한 투쟁이기 때문이다. 뭐가 그렇게 꼬리에 꼬리를 물고 늘어지는지, 왜 내가 스스로 솔직하지 못한지, 왜 자꾸 에둘러 방어하고 도망치게 되는 건지 좀처럼 그 이유를 알 수가 없다. 해답은 정해져 있는데 뜻대로 되지 않는다. 예민한 내면과 복잡한 사고방식은 아주 지독한 형벌이다. 생각에 시작과 끝이 있다면, 중간은 생략해도 대개 별 문제가 되지 않는다. 가능한 한 중간이 짧을수록 좋다. 깊이가 아닌 길이를 줄이려고 노력해야 한다. 완전히 생각을 비우고 싶은 날도 있다. 그럴 땐 산책이나 운동을 한다. 몸을 자주 움직이면 일부러 애쓰지 않아도 많은 것들이 단순해져서 좋다. 매일을 그렇게 살고 싶다. 단순, 솔직, 분명하게. 똑똑하게 사는 게 제일 멋진 거라고 믿었는데, 함부로 젠체하지 않고 매사 단순해지는 게 제일 똑똑한 거였다.

5

나는 내가 의심이 많은 만큼 눈치도 빠르다고 생각한다. 알고 싶지 않아도 알게 될 때가 많고, 알고 나서도 그냥 모르는 척할 때도 많다. 알려고 해서가 아니라 그냥 있다 보면 자연히 알게 된다. 다 안다기보다는 직관적으로 전반적인 상황과 핵심을 빠르게 파악하는 편인 것 같다. 물론 함부로 확신하지는 않으려고 한다. 구체적인 사정을 알기 전까지 한편으로는 의심을 거두지 않는다. 끊임없이 낌새를 수집하고 종합한다. 그것은 의식하지 않아도 패시브로 작동한다. 그래서 때로는 아무것도 하지 않았는데 급격히 피로해지기도 한다. 대충 알 것 같더라도 실은 그럴 수도 있고 아닐 수도 있는 거니까 정말 확실해지기 전까지는 웬만해선 일단 모른 척한다. 내가 그걸 안다고 해서, 내가 알게 됐다는 사실을 사람들이 알게 된다고 해서 크게 달라지는 건 없을 테니까. 남 일에 대해 섣불리 아는 척을 하는 건 별로 좋지 않은 결과를 불러오기 마련이다. 그들로 하여금 마치 내가 어떤 의도를 가지고 행동하는 것처럼 보이게 만들 수도 있으니까. 판단을 유보하고서 있는 그대로를 보고 믿으려고 해야 한다. 정말로 내 진심이 동하기 전까지는.

6

습관적으로 내가 나를 설명하게 되는 그 뻔한 말들이 너무 억지스럽다고 느낀다. 떠오르는 말은 많지만, 오히려 그래서 어떻게 말해야 할지 잘 모르겠다. 떠오르는 대로 다 말한다고 해서 그게 그대로 전달될지도 잘 모르겠다. 그런 식의 소통은 어떤 오해를 불러일으킬 수 있으니까. 무의식적으로 내가 어떻게 비춰질지를 신경 쓰고 있기 때문에 더 어려운 걸까? 나를 설명하기 위한 어설픈 말들을 한참 떠들고 있다 보면 마치 내가 형편없는 변호인이 된 것 같은 기분이 들기도 한다. 무슨 말을 더 해도 찝찝하기만 하다. 나 자신에 의해 윤색되고 왜곡되는 나. 그걸 제일 보기 싫은 것 같다. 내가 보는 나는 어차피 극히 제한적인 면면들일 뿐이고, 진실(객관의 나 자신)과는 얼마쯤 동떨어져 있을 테니까. 흩어진 파편들을 그러모아 아무리 꼼꼼히 붙인다고 해도 그게 완전한 원본이 될 수는 없으니까. 나는 애써 나를 설명하지 않고도 순수한 나 자신이고 싶고, 거짓된 마음으로 불편하게 세계를 마주하고 싶지 않다. 타인으로부터 듣게 되는 나의 면면들은 언제나 낯설다. 인식할 수 없으나 분명히 존재하는 맹점 속의 나 자신. 말을 잃으면 보일까? 보지 않으면 보일까? 차라리 투명해질 순 없을까? 나란한 대화 끝에 나는 중얼거린다. 더 많이 듣고 더 많이 귀 기울여야 해. 더 많은 말을 하기보다는 투명한 침묵이 되어야 해. 모든 것이 하나의 거대한 환상이라면 기꺼이 그것의 일부가 되어야 해.

— 오, 당신은 정말 부지런히 살고 있군요. 당신처럼 사는 건
  꽤 멋진 삶 같아요.

— 아뇨, 난 너무 게을러요. 너무나도 게을러요.

— 할 일은 하고 있잖아요.

— 맞아요, 정말 해야 할 일만 딱 합니다. 그 외에는 너무 게
  을러요. 나 스스로도 끔찍할 만큼. 결국 게으른 인간인 거
  죠. 매일 반성하고 참회한답니다.

— 아니, 할 일만이라도 다 하는 게 어딥니까? 사람이 좀 게
  으르면 안 돼요?

— 그러게요. 하지만 난 너무 게을러요!

— 왜 그리 자신을 몰아붙이죠?

— 몰아붙이는 게 아녜요. 거울 속의 나 자신을 용서하고 다
  짐할 뿐. 난 정말 부지런하지 못하거든요.

— 게으른 게 뭔데요? 부지런한 건 또 뭔데요? 사람이 적당

히 부지런하거나 적당히 게으를 수가 있나? 연연하지 말아요. 당신은 충분히 잘하고 있어요.

— 그렇게 말해주니 고맙지만, 그건 중요하지 않아요. 난 정말 너무 게으르거든요. 당신이 나의 하루에 대해 뭘 알겠어요?

— 알겠어요. 그만해요.

— 좋아요. 미안해요.

— 그래요, 당신은 게을러요. 그런데 그래도 괜찮아요. 러셀 씨가 말했죠. 최소한의 노동을 하고, 나머지 시간에는 인간으로서의 즐거움을 누리라고. 제발 좀 누리라고. 우리는 생산에 관해서는 너무 많이 생각하고, 또 소비에 관해서는 너무 적게 생각한다고. 끝없이 올라가고 달려가는, 서로 쫓고 쫓기는 삶은 도대체 누굴 위한 거죠?

— 거듭 말하지만, 그건 중요하지 않아요. 어쨌든 난 너무 게으르거든요. 그것만이 중요해요. 내가 나의 게으름을 아는지, 그걸 스스로 반성하고 있는지가 내겐 중요해요. 얼마나 부지런해졌는지, 혹은 얼마나 더 게을러졌는지는 중요하지 않아요. 거울을 통해 내가 나 자신의 사각死角을 볼 수 있다는 사실 자체가 중요해요.

― 오, 당신은 꽤나 부지런히 반성하고 있군요.

― 늘 그렇죠. 어떤 날이든 덜 게으르거나, 더 게으르거

나…… 그게 다예요.

8

극한의 하기 싫음이 덜 하기 싫음을 극복하게 한다. 더 하기 싫은 일이 있으면 그나마 덜 하기 싫은 일이라도 어떻게든 하게 된다. 심지어 꽤 즐겁게. 왜냐하면 더 하기 싫은 일은 너무너무 하기 싫으니까. 그러니 극한의 하기 싫은 일이 있다면 절대 서두르지 말고 마지막까지 미루는 편이 현명하다고 할 수 있겠다. (그보다 더 더 하기 싫은 일이 생긴다면 어차피 어떻게든 하게 된다. 하하하.)

9

오랜만에 떠나는 긴 여행을 앞두고 집과 작업실에서 키워 오던 식물들을 대부분 정리했다. 애지중지하던 친구들이지만, 비워야 또 채울 수 있으므로. 그동안 대략 일백 개 정도의 화분에 크고 작은 식물을 키워 왔다. 때마다 분갈이를 해주고 아침마다 일일이 상태를 체크하며 화분에 물을 주기만 해도 오전 시간이 훌쩍 지나버리기 일쑤였다. 특히 날이 더운 여름에는 두 배로 바빴다. 좋아해서 키우기 시작했지만, 다양한 개체에 관심이 생기고 계속 화분이 늘어나기만 하면서 혼자서는 감당하기 힘든 지경에 다다른 것이다. 수개월에 걸쳐 천천히 주변에 판매하기도 하고 선물하기도 했다. 한 달간의 북유럽 여행을 마치고 돌아와 허전한 겨울을 보낸 뒤 드디어 봄이 오고 있다. 지저분한 화분들을 깨끗이 씻어 말려 두었다. 햇빛이 제일 잘 드는 거실 선반 자리도 싹 비우고 청소했다. 이제는 평소에 버겁지 않도록 소수의 식물을 데려와 함께할 생각이다. 북향인 작업실보다는 남향인 집 거실에서, 적당한 관심과 애정을 쏟을 수 있을 만큼만, 식물도 나도 무리하지 않고 건강할 수 있도록. 어떤 식물 친구들을 데려오게 될지는 아직 모르겠다. 관엽일 수도 있고 야생화일 수도 있고 선인장일 수도 있고 괴근들일 수도 있다. 덕분에 어느 때보다도 새봄이 기대된다.

10

평소 낯을 잘 가리지 않는 편이다. 누구와 만나도 적당히 즐겁고 유연하게 대화를 나누고 시간을 보낼 수 있지만, 오히려 사이가 가까워질수록 더 속내를 잘 내비치지 못하는 것 같다. 일부러 그러는 건 아닌데 이상하게 가슴에서 탁 막혀버린다. 반가움, 고마움, 미안함, 크고 작은 애틋한 마음들. 연인에게도 마찬가지였던가. 표현하고 싶을 때 마음껏 표현할 수 있으면 참 좋을 텐데. 잘하고 싶은 마음은 언제나 있다. 마음만 있는 건 결국 아무것도 아니라는 걸 알고 있다. 나름대로 노력한다고는 하지만, 그게 잘 전해지지는 않는 것 같다. 부족한 나라도 오랜 시간 동안 친구가 되어주는 이들에게 이루 말할 수 없는 고마움을 느낀다. 때마다 스스로 상기시키기 위해 이렇게나마 기록해둔다.

11

친구가 그린 작은 그림을 샀다. 노트를 한 장 찢어 그린 것으로, 책상 위에 세울 수 있는 투박한 액자에 끼워져 있다. 매일 앉는 자리에 두니 자주 눈길이 간다. 잉크가 얼마 안 남은 듯한 두꺼운 검은색 마카로 산과 사람을 러프하게 표현한 것이다. 즉흥적이었을 거라는 느낌이 든다. 단 두어 번의 터치인 듯한데 나는 그림의 선보다는 여백에 눈길이 간다. 그림 전체의 여백도 여백이지만, 선 안에 잉크가 다 채워지지 않은 자국 또한 여백이다. 산의 능선을 나타낸 선 위에 스크래치가 난 것처럼, 일종의 스키드 마크skid mark처럼, 마치 능선의 빛과 그림자가 아주 멀리서 올려다보는데도 선명히 구분되는 듯한 묘한 여백이 더 눈에 띈다. 일부러 그려낼 수 없는, 종이에서 붓을 떼고 나서야 비로소 드러나는. 이 그림을 그리고 있었을 친구를 상상하건대, 붓을 쥐었던 손의 움직임에도 분명히 어떤 여백이 있었을 것이다. 일말의 머뭇거림, 나도 모르게 멈칫하고 마는 순간들. 그런 우연의 상상이 그림을 더 아름답게 한다. 상아빛이 도는 자작나무 프레임이 그림을 감싸고 있고, 깨끗한 아크릴 커버 위로 창밖의 햇살이 비쳐 들어온다. 산의 능선이 꽤 청명해 보인다. 내 마음 안에도 이렇게 여백을 두고 싶다.

12

단순한 용기를 가진 사람들이 부럽다. 다 알면서도 기꺼이 시작하는 사람들. 삶도 사랑도 주저하지 않는 사람들. 함부로 모른 체하지도 아는 체하지도 않고 그저 부지런히 직면하는 사람들. 순간을 건너서 하나씩 하나씩, 조약돌을 쌓아올려 자기만의 탑을 세우고, 때로는 바람이 그걸 무너뜨려도, 흩어진 돌을 다시 천천히 주워 모으고, 처음부터 하나씩 하나씩. 돌에 관하여 이래저래 설명하거나 해결하려 들지 않는 사람. 돌의 표면을 매만지고 묘사하고 기억하는 사람. 과거나 현재의 의미 따위는 생각하지 않고 그저 나아갈 뿐인 사람. 다른 무엇도 아닌 오직 선택과 행위를 통해서만 자기 자신을 증명하는 사람. 책을 얼마나 많이 읽든 공부를 얼마나 열심히 하든 그건 그냥 노력하거나 흉내 낸다고 되는 게 아닌 것 같다. 의지와 영혼의 문제에 가깝다. 묵묵히 쌓고 또 쌓고, 시간은 그걸 무너뜨리고. 그럼에도 불구하고 그냥 계속하는 사람. 마음껏 느끼고, 기뻐하고, 믿고, 괴로워하고, 일어서고, 털어놓는 사람. 나도 그런 사람이고 싶어서 바닥에 흩어진 돌을 줍는다. 나만 아는 탑을 가만히 쌓아올린다.

13

몰라도 되는 것들이 너무 많은 요즘이다. 내가 원하지 않아도 세상은 자꾸 자극적인 것들을 눈앞에 들이민다. 흙탕물 속에 있는 것 같다. 하나의 생각에 진득하게 빠져드는 시간이 줄고 있다. 잡힐 듯 말 듯 이내 흩어져버린다. 지구력이 떨어졌는지 쉽게 피로해진다. 지독한 가뭄이 든 것처럼 생각의 줄기들이 메말라간다. 위험한 일이다. 유연해지기 위해 의식적인 자정 작용이 필요하다고 느낀다.

14

"널 믿어."라고 말해본 적은 있지만, "날 믿어줘."라고 말해
본 적은 없다. 공허한 말이라고 생각해서, 믿음은 일방적으
로 요구하거나 선언하듯이 주어지는 게 아니니까, 함께 손
을 맞잡듯이 주어지는 동시에 받아지는 것이므로. 그렇지
못한 믿음은 반쪽짜리일 수밖에 없다. 믿음은 요란하지 않
고, 자연스러운 시간과 마음 안에서 조용히 태어난다. 돌이
켜보면 내 의지로 누군가를 믿게 된 게 아니라 어느 순간 내
가 이미 그 사람을 믿고 있었다. 그것이 진심이었으므로. 믿
고 싶다는 의지로 그 사람을 믿는 일도 어느 정도 수행적으
로 가능할 테지만, 반대로 나에 대한 믿음을 타인에게 심어
주는 건 정말 어려운 일이라고 생각한다. 마치 그 사람의 꿈
속의 꿈속의 꿈 깊은 곳으로 들어가 뭔가를 인셉션inception
하고 돌아오는 영화적인 사건처럼. 목표가 될 수 있는 일도
뜻대로 되는 일도 아니다. 그래서 내가 먼저 믿어보고 싶다.

진심을 외면하지 않는 믿음직한 사람이고 싶다. 자주 보는 친구에게든 처음 보는 사람에게든 매 순간 진심이고 싶다. 무심코 건네는 사소한 말 한 마디, 눈빛과 대화들이 보다 더 소중하게 느껴진다. 그로부터 비롯된 온기는 아주 쉽게 마음에 가닿는다. 눈에 보이지 않는 것들, 그래서 믿기 어려운 것들을 앞으로는 더 많이 믿어보고 싶다.

15

　사람들이 흘러간다. 사람들은 흘러간다. 내가 아는 사람
들이, 나를 아는 사람들이. 우리는 서로 가까워지고 멀어지
고, 밀물과 썰물처럼, 일식과 월식처럼, 만나고 헤어지고 떠
올리고 잊어버리고, 굽이치는 강물처럼, 흘러간다. 이 사실
을 나는 더 이상 슬픔의 뉘앙스로 다루지 않는다. 옛날엔 많
이 괴로웠던 것 같은데, 이제는 그렇지 않다. 관계의 변화라
는 건 일종의 감각이기 때문이다. 반복 동작이 몸에 익어가
듯이, 새겨지듯이, 결국 편안해지듯이. 그게 누구든 그저 지
금 나와 함께 있는, 시간과 공간을 나누는 사람들을 따뜻하
게 대하려고 한다. 단정하고 솔직하게. 마음이란 내 안에 있
는 게 아니라 우리가 함께 나누는 시공간에만, 어떤 흐름 속
에만 존재하는 건지도 모른다. 우리는 흘러간다. 우리가 흘
러간다. 그 흐름의 바깥에서 우리가 아닌 누군가의 뒷모습
이 고개를 끄덕이고 있다.

미래의 유실물 센터에서
걸려 온 안내 전화

1

과거는 수선될 수 없지만, 현재로부터 각색할 수 있다. 얼마든지 원하는 대로 써내려갈 수 있다. 그것이 기억의 본질이다. 우리가 기억이라고 부르는, 무의식으로부터 재생산되고 재창조되는 후유증 또는 몽유병. 언제까지고 다시 쓰이고 또 덮어씌워지는 이야기들. 그로부터 비롯된 찬란한 감정들. 그것의 영원 회귀.

모든 게 다 허구라고는 할 수 없지만, 기억덩어리들이 나라는 존재를 이루고 있다는 생각이야말로.

방금 막 지어낸 노랫말로 아무렇게나 흥얼거리기.

뜨겁게 타오르는 해변가에서 아무짝에도 쓸모없을 조개껍질 주워 모으기.

2

오늘은 사 년마다 한 번 찾아오는 이월 이십구일이다. 윤년, 그리고 윤일. 단어가 참 예쁘다. 태양을 기준으로 365일하고도 여섯 시간씩 초과되는 공전 주기 덕분에 생긴 하루인데, 이 사실을 인류는 기원전 46년에 이미 알아냈다고 한다. 도대체 어떻게? 신간에 서명을 할 일이 있어 연거푸 날짜를 적는데 새삼 숫자가 생경하다. 이천이십사년 이월 이십구일, 이상하고 어색한 여분의 하루, 정말로 존재하는 하루인지 의심되는 하루, 다 함께 모르는 척 거짓말이라도 치고 있는 듯한 하루…….

내일은 삼월 초하루인데, 나는 이날이 비로소 한 해의 시작 같기도 하다. 일월과 이월은 달력을 떼어낼 때에도 한 달이 지났다는 느낌이 잘 없다. 삼월 초에 꽃샘추위가 오면 끝났구나 싶었던 겨울이 잠깐 뒤를 돌아보는 것 같아 반갑고, 떠날 것처럼 등을 보였다가 마지못해 돌아와 깊은 포옹을 나누는 사람 같다. 봄이 오는 게 싫은 건 아니다. 겨울이 가는 게 아쉬울 뿐이다. 당분간은 마지막일지도 모르는 아끼는 겨울 코트를 꺼내 입는다.

3

정말로 잊고 싶은 것은 아무리 잊으려 해도 잊히지 않는다. 잊으려 할수록 회상은 도리어 선명해진다. 언제나 그랬듯 우리가(혹은 사랑이) 의도하지 않아도 어떤 이야기는 남고 또 어떤 이야기는 남지 않는다. 거기에 거짓은 없다. 흩어지지 않는 진실 바깥에 남겨진 우리만 덩그러니 있다. 혹은 이미 익숙한 결말과 슬픔들만.

사랑은 의도대로 연출되는 드라마가 아니다. 마음이란 각본대로 짜이거나 꾸며지지 않기 때문에, 그게 다 진심이었다고 오래도록 믿어질 것이기 때문에 더 조심스럽다. 새벽 담장 앞의 발자국 소리 같은 장면들. 돌이킬 수 없는 마음들과 나란한, 저마다의 사랑 이야기와 나란한.

4

시제가 없는 기억들을 스케치북 위에 하나도 빠짐없이 받아 적는다.

기억은 시간순이 아니다. 무작위도 아니다.

끝없이 황량한 초원!

바람에 옮겨붙은 보랏빛 들불이 활활 타오르는, 버벅거리는 비디오처럼 서서히 무너지고 바스러지는, 썩은 목재로 지어 고약한 악취가 나는 허름한 집 한 채. 자줏빛 클레마티스 덩굴이 무성한 울타리 너머로 순식간에 도망쳐 사라지는 작고 날랜 초식 동물들, 웅웅거리는 풀벌레들. 붉은 지붕 위로 번지는 거대한 잿빛 연기. 줄지어 잇따라 선 미래의 기억들, 반딧불처럼 깜빡이는 어떤 징험들. 모든 걸 뒤집어버리는 완벽한 거짓말들.

얼어붙은 사슴 떼처럼 그 광경을 지켜보는 '나'의 무리들.

끝없이 아웃포커스되는 황량한 초원!

힘없이 펄럭이는 빛.

갈피되어 다시 펼쳐지길 기다리는 빛.

납작한 눈물, 쌓이는 눈물, 그러나 터지지 않는 눈물.

입에서 입으로 전해져 내려오는 영험한 샤먼들의 중첩된 속삭임: *기억은 언제나 기억에 대한 기억이다. 후회에 대한 후회이고, 사랑에 대한 사랑이다.*

다 타서 재가 된 시간들이 벚꽃잎처럼 흩날린다.

되감기와 되풀이.

맨 앞에 선 '나'는 백년무패의 영웅처럼 돌아선다.

우리는 뒤엉킨 기억에 발 걸려 넘어지지 않을 것이다. 속거나 속이지 않고서 앞으로 똑바로 걸어갈 것이다. 과잉된 메타포일 수밖에 없는 나만의 즉흥적인 춤을 추면서, 나라는 존재에 대한 불가결한 기억들을 선물할 것이다.

'나'를 사랑하는, 그리고 사랑하지 않는 양쪽 진영의 모두에게.

5

　사진은 직접적이고 구체적으로 대상을 표현하는 것처럼 보이지만, 실은 사진이 글보다 더 간접적이고 추상적이라고 생각합니다. 뭔가를 앞에 두고 셔터를 막 눌렀을 때, 바로 그 순간의 사진가의 진짜 마음에 대해서, 결과물인 사진만으로는 우리가 알 수 있는 게 많지 않기 때문입니다. 때로는 거의 없다시피 합니다. 모든 것은 느낌과 추측에 불과하죠. 사진에 의도가 있거나 없거나, 늘 사진 너머에 뭔가가 숨겨져 있어요. 심지어 나 자신조차도 내가 셔터를 막 눌렀을 때의 마음을 일일이 다 알지 못합니다. 영원히 어렴풋하죠. 필름인 경우에는 시간차가 발생하기 때문에 더욱더 그럴 수밖에 없고요. 대부분의 경우에 사진보다는 글이 더 친절한 편이라고 생각합니다. 글은 흐른다는 느낌이고, 사진은 거기서 반짝이는 것 같아요. 어떤 사진은 시보다 더 시적이기까지 합니다. 포착된 순간인 채로 머무는 영원의 단면 같아요. 뭔가

엄청난 걸 발견하기라도 한듯이 한 장의 사진을 아주 오랫
동안 들여다보게 만들죠.

6

꿈을 거의 꾸지 않는 편이다. 애초에 내 삶에 꿈의 연료가 얼마 주어지지 않은 것처럼, 아끼고 아껴서 하나씩 꾸기라도 하는 것처럼. 이따금 뭔가를 꾸긴 꾸지만, 깨어난 지 얼마 되지 않아 너무 쉽게 흩어져버린다. 그리고 마주한 현실은 잠에서 막 깬 어리둥절한 나를 짐짓 모른 체한다. 꿈과 친하게 지내지 않으면, 현실과도 친하게 지낼 수 없다.

꿈의 트레일러가 소란스럽게 굴러가고 난 뒤에 내게 남는 것은 꿈도 현실도 아닌 이상한 적막과 자취들뿐이다. 당최 그게 무엇이었는지는 잘 기억나지 않는다. 어차피 우리는 어느 쪽이 꿈이고 어느 쪽이 현실인지 제대로 분간하지 못한다. 그저 내가 현실이라고 믿는 쪽으로 발을 내딛고 선택을 이어갈 뿐이다. 꿈은 내가 꿈이라는 걸 알아차리는 그 즉시 나를 밖으로 내쫓아버린다. 나는 단번에 울컥 토해내진다. 투명한 물렁뼈 같은 꿈의 경계로부터 무력하게 튕겨져 나온다. 남겨진 꿈은 웜홀 속으로 모조리 빨려 들어간다.

내가 꾸는 것이 과연 남들과 같은 종류의 꿈일까? 나는 확신할 수 없다. 우리가 서로 꿈을 공유할 수 없기 때문이다. 애초에 내가 꾸는 꿈이 정말로 내 것이기는 할까? 꿈들의 진짜 주인은 내가 알아차릴 수 없는 높은 수준의 차원 속에 존재하고 있을지도 모른다. 나는 늘 자신이 꾼 꿈의 내용을 세세하게 기억하고 메모하고 이야기하는 사람들이 신기하기만 할 따름이다. 마치 간밤에 본 어느 단편 영화의 줄거리를 요약하듯이 말이다.

은유에는 마른 잔가지처럼 불이 잘 붙고, 기억은 무수한 은유들에 의해 시커멓게 불타오른다. 꿈이라는 걸 자각하지 못하는 동안 불길이 발밑으로까지 번지기 시작한다. 꿈의 모서리에는 쑥불을 태우는 매캐한 연기가 스멀스멀 피어오른다. 쥐 떼와 양 떼가 우왕좌왕한다. 울창한 플라타너스의 그림자들이 세차게 흔들린다. 우리가 꿈이라 말하고 다니는 이야기는 다 스스로 창작하고 각색해낸 픽션들이 아닐까? 깨고 싶지 않아서, 혹은 이대로 계속되길 바라는 꿈들이라서. 나 또한 쫓겨나고 싶지 않았다. 내가 꾸는 꿈이 아무리 끔찍할지라도 말이다.

나는 악몽을 꾸지 않는다. 그 대신 내가 아는 모든 사람들의 꿈에 어떤 모습으로든 나라는 존재를 등장시킨다.

7

그 오랜 여러 번의 연애 시절에는 왜 몰랐을까? 그냥 모른 척하고 싶었던 걸까? 이제 와서 깨닫는다고 한들 무슨 소용이 있으랴. 나는 어쩌면…… 누군가의 부드러운 손 하나면 충분했던 건지도 모른다. 사람이 필요했던 게 아니라, 마음이 필요했던 게 아니라, 그저 내 손보다 따뜻한 누군가의 손바닥을 만지작만지작…… 그 어떤 말보다 진실된 손안의 온기를, 그 가냘픈 온기만을. 연애를 하지 않으면서 연애 시절에 알게 되었던 것보다 훨씬 더 많은 것을 알아가고 있다. 실제론 그렇지 않을지라도 그런 기분이 든다. 이마저도 실은 지독한 회피인 걸까? 도망치는 건 참 쉽고 편하다. 함께인 시간은 너무 멀리에 있다. 나는 이제 뜨겁게 고백하는 법을 잊어버렸고, 아마도 전생의 전생의 전생쯤에 두고 와버린 것 같다.

8

어느덧 사월 초순이다. 뭔가 좀 허전하다. 있어야 할 것이 없는 듯하다. 죽기 전에 꼭 만나야 할 사람이 있는데 이 세계에는 없는 듯하다. 그렇다는 걸 나도 이미 알고 있는 듯하다. 늦겨울을 지나 완연한 봄으로 넘어가는 무렵에만 찾아오는 기이한 결락의 감각이 있다. 사소한 기적이 일어날 것만 같은 기분이 들기도 한다.

손가락 두 개가 비집고 들어갈 정도로만 창문을 살짝 열어놓고 마라케시Marrakech의 어느 조용한 사원寺院을 떠올리게 하는 향의 인센스를 태운다. 어떤날, 빛과 소금, 산울림, 동물원, 시인과 촌장, 낯선 사람들 그리고 새바람이 오는 그늘을 온종일 듣는다. 이어서 조동익과 조동진, 장기호를 듣는다. 곡 제목이 자연스럽게 이어지도록 재생 목록을 만들어본다. 제목을 연결하는 글짓기는 나의 취미 중 하나다. '오후만 있던 일요일', '버드나무가 있는 공원', '풍경'. '미안해 용

서해 사랑해', '그냥', '함께 떠날까요?', '나뭇잎 사이로', '비오는 날엔', '둘이서', '잊혀지는 것'……. 시간이 흘러도 여전히 그대로인 옛 노래들. 순서대로 쭉 듣다가 어느 부분에서는 괜히 혼자 울컥하기도 한다. 그러고 나면 조금 덜 허전해진다. 결락의 감각은 여전한데도 말이다.

창문을 활짝 열어놨더니 자꾸 재채기가 나온다. 봄과 함께 찾아오는 꽃가루 알레르기 때문이다. 최근 몇 년 새 면역력이 많이 떨어졌는지 온갖 꽃가루가 날리는 사월만 되면 눈과 코가 아예 고장이 나버린다. 가만히 있어도 눈물과 콧물이 줄줄줄 흐른다. 그대로 두면 미친 듯이 간지러워서 얼굴이 떨린다. 미세먼지가 심한 날이면 눈이 잘 떠지지 않아서 아무것도 할 수가 없다. 알레르기 약을 먹지 않으면 비강이 부어 코가 꽉 막혀서 잠도 거의 못 자는 지경이다. 운동을 더 열심히 해야 하나, 아니면 평소에 비타민을 잘 챙겨 먹어야 하나. 각종 영양제를 검색해볼까 하다가 이내 귀찮아져버린다. 병원엘 가 봐야지. 훌쩍거리며 다시 옛 노래들이나 듣는다.

해가 많이 길어져 저녁 일곱 시가 돼도 아직 밝다. 얼마 안 있으면 라일락이 피고 장미가 피겠구나. 능소화도 피고

배롱꽃도 피겠지. 언제부턴가 사월부터 팔월까지 야생화가 피어나는 순서를 자연스레 알게 됐고 그걸 기억하고 있다는 사실이 나는 좋은데, 때론 순서대로 피고 지는 꽃들의 풍경에 시나브로 처연해지기도 한다.

인센스를 치우고 창문을 닫은 뒤 이번에는 자우림을 듣는다. *미안해 널 미워해, 어느새 난 눈물에 젖어 슬픈 새.* 누군가가 이 곡의 노랫말은 사랑하는 사람을 향한 말들이 아니라 거울 앞에서 자기 자신을 향해 되뇌는 말들에 더 가깝다고 했다. 꽤 그럴 듯하다고 생각했다. *난 사월이면 눈물 콧물에 젖어 슬픈 새. 미안해 널 미워해, 이대로인 걸 이해해. 나 널 지우려고 해, 널 보내려고 해.* 멍하니 따라 부르다 아득해진다. 저녁으론 혼자 또 뭘 해먹지. 간단히 장을 보러 나가는 길에 시인과 촌장의 '풍경'이라는 곡을 한 곡 반복으로 듣는다. 좀처럼 머릿속을 떠나질 않는 단 두 줄짜리 노랫말을 중얼거리며. *세상 풍경 중에서 제일 아름다운 풍경. 모든 것들이 제자리로 돌아가는 풍경⋯⋯.* 결락의 감각은 좀처럼 사라지질 않는다.

꼭 만나야 할 사람이 있었던 것 같은데, 하고 무의식적으로 발걸음을 돌린다. 저녁은 일단 미뤄두고 잠깐 산책을 돌

고 오기로 한다. 대대적으로 전지를 해 나무들이 허전해진
무궁화 동산으로 들어서니 신기하게 눈물 콧물이 완전히 멎
는다. 새벽인지 저녁인지 분간이 되지 않는 어슴푸레한 풍
경. 개와 함께 산책 나온 사람들. 주인이 다른 강아지 두 마
리가 빙글빙글 뫼비우스의 띠처럼 엉켜 서로의 꽁무니 냄새
를 맡는다.

　　역시 뭔가 좀 허전하다. 있어야 할 것이 없는 듯하다. 그
것은 다시 나타날까? 갑자기 습해진 걸 보니 곧 소나기가 쏟
아질 것만 같다.

9

추적추적 비가 내린다. 모든 것이 서서히 젖어 든다. 지금 여기 바로 그렇게 비가 내리는 현상 말고는 아무것도 없다. 없다라는 인식에 대한 불확실한 상상.

벤치에 앉아 허공에 흩날리는 꽃잎과 흔들리는 나뭇가지를 바라보며 사색에 빠질 때 나는 거기에 없다. 잠시(그리고 영영) 존재하지 않는다. 뭔가를 바라보는 무한한 의식만이, 티끌 한 점 없는 무결한 거울처럼 차갑게 반성된 의식만이 그곳에 달랑 남겨져 있다고 감각된다.

정적靜寂은 거기에 없고 내 안에 있다. 내 주위엔 아무도 없다. 아무도 없다면 결국 나 자신도 없는 것이다. 아무도 없기 때문에 내가 없는 게 아니라, 원래부터 아무것도 없는 건지도 모른다.

무아無我. 오직 불현듯! 삶이 다 그렇다고 느낀다.

어둠 속 흰 나비 한 마리가 투명한 빗방울들 사이로 나풀

거린다. 한 쌍의 잠자리가 서로의 몸을 이어 붙여 한 몸처럼 날아다닌다.

비가 그치고, 자아의 조명이 켜진다.

빛의 속도가 불변한다는 사실을 정말로 믿을 수 있는지?

의식은 우주와는 반대 방향으로, 안으로 안으로, 우리들의 심연 속으로 끝없이 팽창하고 있다.

10

어스름한 창공을 휘젓는 십수 마리의 새, 이들 중 유독 뒤처져 있는 한 마리 새, 스스로 고독을 선택한 새, 시간과 공간의 아득한 미로를 헤매는 새.

체념되지 않는 자유.

하나의 얼굴에 두 개의 이름. 세계와 운명, 반복과 모순.

신은 아무리 마셔도 취하지 않는다. 태연한 얼굴로 마음의 총체를 지켜보고 있다.

한 글자 한 글자 또박또박 발음하는 끈적한 입술과 혀.

너는―아무것도―몰라.

안다고 믿는 순간, 먹히는 거야.

끝까지 모르는 척―해야 해.

외로울 땐―외롭다고―말해야 해.

지구의 눈동자라고 불리우는 한여름의 푸른 호수가 실크처럼 찰랑이고 있다.

11

꿈에서 아끼는 낡은 안경과 화병을 도둑맞았다.

누구였을까?

오랜만에 꾸는 선명한 꿈에서 막 깨어난 나는 황망하게 눈을 뜨고, 꿈은 어색하게 끊어져버린다. (그곳은 아마 무르만스크Murmansk의 어디쯤이었던 것 같다. 거칠고 황막한 강물이 흐르고 있었고 낡은 라디오에서는 러시아 가곡이 흘러나왔다.)

처음 느껴보는 이상한 결락이 감각되지만, 헐레벌떡 둘러보니 방 안의 모든 것은 그대로 있다. 변함없는 세계에 허전함과 안도감을 동시에 느낀다. 하지만 어쩌면 모든 것이 그대로 있다는 사실 자체가 나에겐 결락일 수도 있다.

그때 만약 꿈에서 깨지 않았더라면…… 나는 완전히 새로운 사랑을 시작할 수 있었을지도 몰라.

한 번도 가본 적 없지만, 마치 내가 무르만스크의 어느 호숫가 마을에서 태어난 사람인 것 같다. 전생의 머나먼 고향을 그리워하는 사람이 된 것 같다.

누구였을까?

우리는 매일 밤 꿈속의 자기 자신을 떠나보낸다. 나라는
자아의 무수한 픽션들이 기억의 저편으로 사라져간다.

그중 하나는 반드시 행복할 것이고, 그중 하나는 반드시
홀로일 것이다. 그중 하나는 무르만스크의 어느 쇄빙선에서
일하게 될 것이고, 그중 하나는 노을이 지는 시라사토 해변
가를 느릿느릿 거닐게 될 것이고, 그중 하나는 누구에게도
털어놓을 수 없는 파괴적인 사랑에 빠져 스스로 목숨을 끊
는 선택을 하게 될 것이다.

나는 잠시 머뭇거리다 미래의 유실물 센터에서 걸려 온
안내 전화를 받는다.

*아나타와*あなたは······ *다레*だれ*?*

뒤이어 영문을 알 수 없는 말들이 이미 녹음된 것을 재차
녹음한 듯한 음성으로 흘러나온다.

누구였을까?

〈세상을 등지고 With My Back to the World〉라는 제목의 다큐
멘터리 비디오가 벌써 열세 번째 재생되고 있다. 화질이 별
로 좋지 않아 화면 속 얼굴들이 일그러진다. 마지막 재생이

끝나자마자 비디오테이프를 되감는 소리가 들린다. 그것은 수화기 너머 아주 멀리에 있다. 그리고 모든 것은 그대로 있다. 도둑맞은 안경도 화병도, 이상한 결락의 감각도.

　꿈이었구나, 아직.

12

우리가 함께 지냈던 왕국의 이름은 '밤'이다. 문자 그대로, 밤. 진심을 담아 한 글자 한 글자 꾹꾹 눌러쓰는 밤. 사랑하는 사람들의 어깨 너머로 드리우는 밤. 떠나는 뒷모습처럼 멀어지는 밤. 사소한 거짓말들을 이어 붙여 바느질하는 밤. 모호한 루머들이 끊임없이 태어나는 밤. 일 년 전 우리가 다정하게 새끼손가락을 걸었던 밤. 텅 빈 골목에 푸른 가로수만이 창백하게 빛나는 밤. 무겁게 펄럭이는 기다란 커튼 뒤에 선 영혼들이 하나둘 양초를 켜는 밤. 평생 시집 같은 건 읽어본 적도 없는 노인이 안락의자에 기대 누워 최후의 시를 쓰는 밤. 사이프러스 나무들이 늘어선 오솔길을 따라 외곽의 숲으로 야영을 떠나는 밤. 망원경 렌즈 속으로 보이는 두 눈을 부릅뜬 수리부엉이들의 밤. 모닥불 옆에 자리를 잡은 외톨이 기타리스트의 쓸쓸한 기타 리프가 계속되는 밤. 끝에서 시작으로 넘어가는 혁명적인 밤. 무해한 천사들이 지옥으로 도망치는 밤. 아무 말도 할 수 없는 밤. 모든 순간이 하나의 소실점 너머로 빨려 들어가는 밤.

사랑을 체념한 얼굴들의 따듯한 무無.

흙모래가 질척거리는 어느 겨울 해안가에서 우리는 한 편의 슬로비디오처럼 그 일대를 거닐며 영원히 서로를 버릴 준비를 한다.

13

 과거는 거의 거짓말 같다. 내 것이 아닌 듯하다. 어떤 과거는 너무 낯설어서 마치 전생 같다(전생이 있다고 해도 그게 과연 나일까?)는 생각이 들기도 한다. 그걸 바라보는 현재의 시선에 의해 미래가 태어난다. 시간은 수선되지도 이해되지도 않기 때문에 내게 주어진 것이 오직 지금 이 순간, 휘발하는 현재뿐이라는 사실이 때로는 절망적이기까지 하다. 어차피 이 세계가 다 연출된 것에 불과하다면, 시간을 바라보는 새로운 관점을 통해 나는 다시 태어날 수 있을 것이다. 언제든!

14

마음의 벽화를 그린다. 리버시블reversible인 내면을 완전히 뒤집어 작은 횃불을 켠다. 온통 캄캄한 동굴 벽을 비추어 올려다본다. 신경질적으로 양각된 흔적이 보이는 천장의 그늘, 정체불명의 타오르는 상징들. 복잡해 보이지만, 실은 단순할 것이다. 약간의 시간이 필요할 뿐이다. 손에 들고 온 지도를 횃불에 태워버린다. 어떤 미래는 벌써 내 것이 아니다.

15

만개해 있던 오월의 꽃들이 후두둑 떨어진다. 새벽부터 거센 바람이 불기 시작하더니 한바탕 비가 쏟아지고 있다. 노래하던 새들이 인근의 산과 숲으로 다 숨어버린다. 늦봄과 초여름이 뒤섞인 거리는 묘하게 어수선하다. 갑자기 쌀쌀해져서는 닭살이 돋는다. 여름이 시작한 줄 알고 반팔 반바지 차림이었던 사람들은 당황한 기색이 역력하다. 나는 이런 날씨가 좋다. 마치 찰리 헤이든Charlie Haden스러운 날씨다. 무게가 거의 느껴지지 않는 얇은 윈드브레이커에 방수가 잘 되는 후드 달린 점퍼를 걸쳐 입는다. 우산은 일부러 챙기지 않는다. 손에 뭘 드는 걸 좋아하지 않기도 하고 이런 날씨에는 기꺼이 비바람을 맞아주는 편이 좋기 때문이다. 후드를 푹 뒤집어쓰고 걸으면 점퍼 표면으로 빗방울이 튕겨나가는 소리가 들린다. 어떤 의도도 없는 자연의 무작위한 리듬으로. 신발이 축축해지는 건 또 싫어서 물웅덩이를 밟지 않으려고 평소보다 보폭만 조금 더 넓게 디뎌 걷는다.

서울농학교 앞에 있는 백반집으로 가서 제일 자주 먹는 메뉴인 콩비지를 시켜 먹는다. (이다음으로 자주 먹는 메뉴는 오징어볶음이다. 빨간 양념인데 다진 마늘 향만 강할 뿐 꽤나 고소하고 슴슴해서 좋아한다.) 가게 이름은 '효자분식'이고 대부분의 메뉴가 칠천 원에서 구천 원 사이다. 할머니 두 분이 집밥처럼 내어준다. 곁들임 반찬은 세 가지 정도고 그날그날 아침에 만드는 것으로 매일 바뀐다. 다시마물로 끓인 무국 한 그릇까지 깨끗이 비운다. 사용한 지 삼십 년은 족히 넘어보이는 오래된 텔레비전에서 뉴스가 흘러나온다. 오월 중순에 간밤의 때아닌 폭설로 강원도 설악산 소청대피소에 무려 사십 센티미터의 눈이 쌓였다고 한다. (이날은 '화이트 석가탄신일'이라는 별칭이 붙었다.) 옆 테이블의 할아버지들이 저마다 어릴 적에 겪었던 폭설 이야기를 나눈다. 카드 결제도 되지만, 모바일 뱅킹에 기록이 남아 있는 할머니의 계좌로 이체를 하고 나온다.

장대비를 흠뻑 맞은 자하문로의 은행나무들이 예년보다 훨씬 더 풍성하고 건강해 보인다. 재작년부턴가 은행잎 새순이 시들어 떨어지는 걸 자주 봐서 은근히 걱정됐는데 다행인 일이다. 인왕산 능선 자락이 뿌연 물안개를 풍성한 숄처럼 두르고 있다. 원두가 다 떨어진 게 생각나서 근처 카페에 들러 자그마한 양철통에 담아 파는 하우스블렌드 원두를 산다. 여전한 비바람을 뚫고 작업실로 돌아와 커피를 내린다. 미디엄 로스팅의 원두이므로 펄펄 끓인 물을 살짝 식힌 뒤에 붓는다. 뭉글뭉글한 기포가 올라오며 여덟 평 남짓한 공간에 부드러운 라벤더 향이 퍼진다. 축축히 젖은 땅에서 올라오는 비 냄새와도 잘 어울린다. 부풀어 오른 커피 가루는 화단의 젖은 흙을 닮아 있다.

어제는 아주 오랜만에 호미화방에 가서 두 시간이 넘게 쇼핑을 했다. 유화 재료를 잔뜩 사왔다. 다분히 충동적으로. 그림을 제대로 그려본 적도 없고 어디서 배운 적도 없지만, 예전부터 한 번쯤 취미 삼아 해보고 싶었다. 기본적인 것들만 잘 추려서 골랐는데도 계산대에 올리니 총 이십사만 원이 넘는 금액이 나왔다. 예상보다 지출이 컸지만, 이미 결심했으니 큰맘 먹고 질러버렸다. 몰라, 될 대로 되라지. 점원에게 카드를 내밀면서 정말로 그렇게 속으로 중얼거렸다. 끌리는 대로 적당히 골라잡은 물감들, 보조제들, 이거 다 쓸 때까지만 뭐든 그려보자는 마음으로. 때로는 조금은 무모한 선택이 우리를 이끌고 간다. 휘적휘적 그려보고 싶어서 붓은 큼직큼직한 호수들로만 골랐다. 재작년에 산 아크릴 물감 세트로 캔버스 패드 위에 이것저것 그려본 적이 있는데, 글쓰기와는 다르게 그림은 일단 손 가는 대로 자유롭게 나아갈 수 있어서 좋았다. 주어진 백지 위에서라면 얼마든지 원하는 자유를 취할 수 있었다. 꼭 누구를 보여줄 것도 아니고 누군가의 마음에 들어야 하는 것도 아니므로.

비바람이 창문을 거세게 두들긴다. 어떤 의도도 없는 자연의 무작위한 리듬으로. 오디오 전원을 끄고 창문을 연다. 빗소리를 듣는다. 빗방울은 어떤 의도도 없이 내 쪽으로 들이친다. 이십사만 원이 넘는 유화 재료를 충동적으로 질러버린 내 마음처럼. 오롯이 자기 자신으로 산다는 게 말이 쉽지 제일 어렵다. 어떤 선택이든 내가 한 것이다. 다른 누구의 책임도 아니다. 불안하거나 뿌듯하거나 어찌 됐든 내 선택이라면 그걸로 충분하다. 결국 누구도 관여할 수 없으므로. 다시 창문을 닫고 생각을 꺼버린다.

잠시 뒤 오랜만에 작업실로 찾아와 준 동갑내기 친구가 드립백 세트와 함께 반가운 청첩을 건넨다. 신혼여행은 덴마크와 핀란드로 떠날 예정이고 덴마크섬 남쪽의 바닷가 마을에도 며칠 다녀올 거라고 한다. 숙소와 주변 풍경 사진을 미리 살펴보면서 두 사람의 평화롭고 아름다운 시간을 상상한다. 부럽네요, 둘이라는 건. 정말 축하해요. 그럼 일요일에 식장에서 봐요. 우리는 나란히 창밖을 바라보며 빗소리를 좀 더 듣다가 헤어진다.

삼나무 향이 퍼지는 인센스 스틱을 태운다. 아쿠타가와 류노스케를 읽다가 뭔가에 홀린 듯이 벌떡 일어나 집으로 돌아온다. 여전한 비바람과 무섭게 흔들리는 나무들. 점퍼에 잔뜩 맺힌 빗방울을 욕실에 털어낸다. 새벽인지 저녁인지 헷갈리는 묘한 음영이 집안 곳곳에 묻어 있다. 편한 옷으로 갈아입는다. 불을 켜고 싶지 않아 어두운 방 안에 그대로 누워 늦은 오후의 낮잠을 청한다. 천장의 밋밋한 무늬가 부드럽게 일렁인다. 빛이 바랜 장면들이 잇따라 전환된다. 늦여름의 무주에서 만난 어두운 강물, 눈앞에 하나로 포개져 나타나는 겨울 섬과 호수들, 캔버스 밖으로 끝없이 뻗어나가는 파스텔톤의 무수한 수평선들……. 이따 저녁으론 또 뭘 먹지. 일어나면 설거지부터 해야지. 층고가 낮은 집의 지붕을 두드리는 빗소리와 작은 테라스의 빨랫줄에 매달린 낡은 풍경風磬 소리에 한없이 몽롱해진다. 어둠 속 흰 나비 한 마리가 된 것 같다. 늦은 밤까지 비가 그치지 않을 거라고 한다. 얼룩덜룩했던 마음의 창이 깨끗이 씻겨 내려간다.

맺는말

당신이 보낸 것으로 추측되는 한 장의 편지를 받았지만, 나는 까막눈이 된 것처럼 단 한 글자도 읽을 수가 없어요. 혹시 괜찮다면 당신의 목소리로 녹음해 줄래요? 그래줄 수 있나요? 오, 너무 캄캄하군요. 어디에 있나요? 정말로 거기에 있나요? 가까워질수록 둘레는 밝아지면서, 동시에 중심은 어두워지는…… 거긴 어딘가요? 황막한 사막의 검붉은 석양이 드리우는 이곳에서 나는 지금 단 한 발자국도 움직일 수 없어요. 사랑에 관해서라면 나는 단 한 마디도 할 수 없어요. 다정한 편지와 섬세한 그림이 눈앞에 놓여 있지만, 산짐승처럼 달려들었던 지난날 사랑의 광채에 시력을 완전히 상실해버렸으므로. 어디에 있나요? 정말로 거기에 있나요? 뭐가 보이나요? 날짜를 알 수 없는 어떤 날? 닫힌 눈꺼풀 너머로 태어나는 환상들? 우리는 점자를 매만지듯 기억을 더듬거릴 뿐…… 보이지 않는 것을 보기 위해서. 보이는 것만 보지 않기 위해서. 우리가 낳은 무해한 천사들의 목소리가 들리나요? 돈을새김의 사랑을 그릴 수 있나요? 불필요한 감정을 낚아채는 찬란한 조바심들. 그래요, 이건 시가 아녜요. 나는 시 같은 건 배운 적도 없고 쓸 줄도 몰라요. 그냥 좋아서, 너무 좋아서. 소리 내어 읽을 때 좋은 시가 진짜 좋은 시란 걸 아나요? 보고 싶다는 말처럼요. 나는 일기를 쓰지 않아요. 내가 없는 세계이기 때문에. 사랑 없이 사랑을 말하기. 비밀 없이 비밀을 말하기. 이름 없이 이름을 부르기. 사전에 존재하지 않는 돌고래들의 비밀스러운 단어로. 금방이라도 다리가 부러질 듯한 이 낡은 호두빛 스툴에 앉아서, 운명을 찾아 먼 길을 떠나온 이방인들의 더러운 외투를 받아들고서…… 거긴 어딘가요? 뭐가 보이나요? 아아, 영원히 대체되지 않는 환상들. 어느새 무릎까지 차오른 검푸른 밀물. 미안하지만, 나는 여기서 단 한 발자국도 움직일 수 없어요. 사랑에 관해서라면 이젠 단 한 마디도 할 수 없어요.

환 상 들

1판 1쇄 인쇄 2024년 10월 21일
1판 1쇄 발행 2024년 10월 30일

지은이 최유수

발행인 양원석 **책임편집** 정효진
디자인 강소정, 김미선 **영업마케팅** 윤송, 김지현, 이현주, 백승원

펴낸 곳 ㈜알에이치코리아
주소 서울시 금천구 가산디지털2로 53, 20층 (가산동, 한라시그마밸리)
편집문의 02-6443-8847 **도서문의** 02-6443-8800
홈페이지 http://rhk.co.kr
등록 2004년 1월 15일 제2-3726호

ISBN 978-89-255-7436-3 (03810)